The
WORLD
the AFTER
FALL
Art: Undead Gamja(3B2S STUDIO)
Adaptation: S-Cynan
Story: singNsong
Aus dem Koreanischen von Annabell Führes

Eines Tages erschien im Herzen der Stadt ein gewaltiger Turm.
Das Ende unserer Welt.

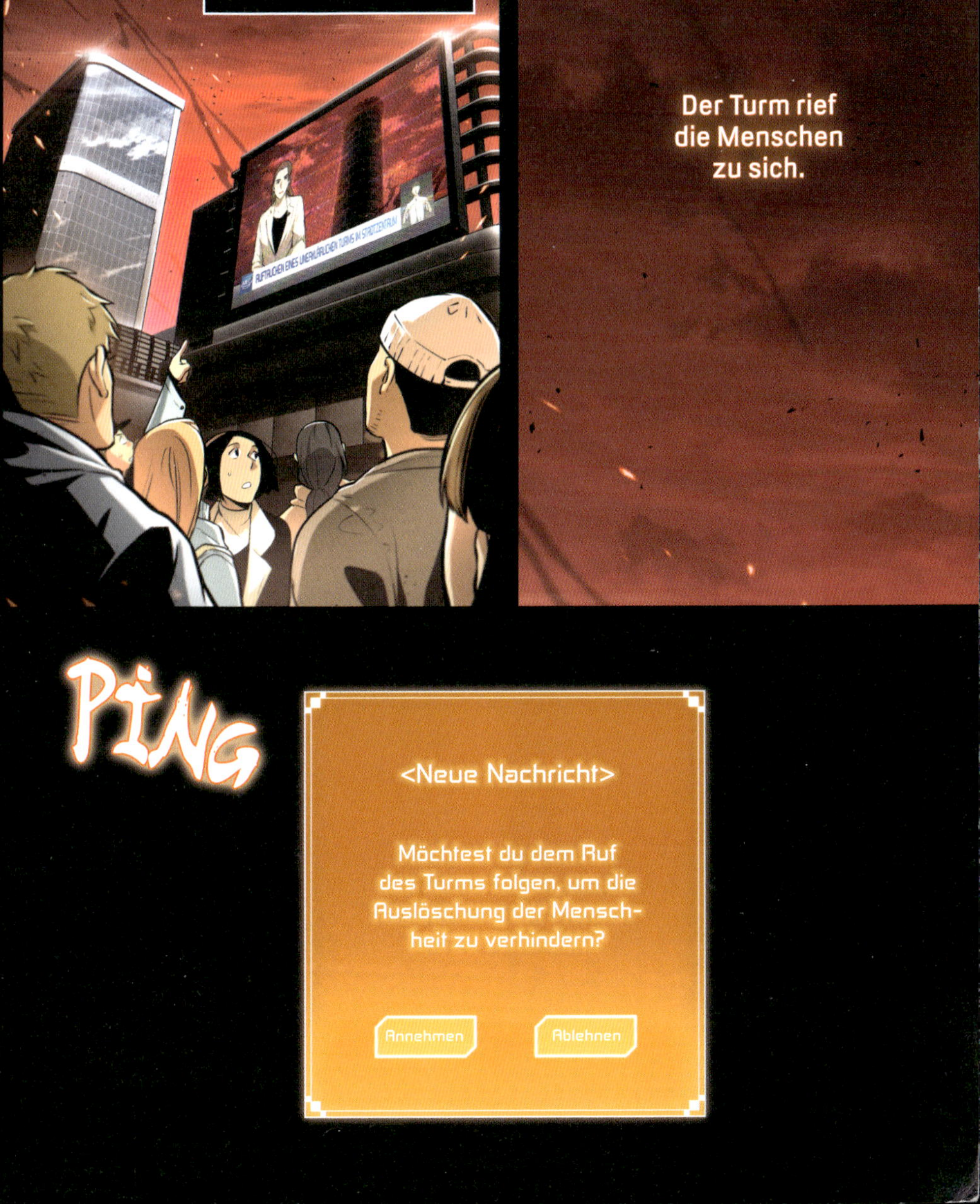
AUFTAUCHEN EINES UNERKLÄRLICHEN TURMS IM STADTZENTRUM
Der Turm rief die Menschen zu sich.
PING
<Neue Nachricht>
Möchtest du dem Ruf des Turms folgen, um die Auslöschung der Menschheit zu verhindern?
Annehmen
Ablehnen

The WORLD AFTER the FALL

Weiter mit
dem Wetter.
Aufgrund der
hohen Feinstaubbelas-
tung war in letzter Zeit
kaum blauer Himmel
zu sehen.
TSCHiep
TSCHiep
TSCHiep
Uishim
Pota-Power
FORCE STICK
KNiSTER
Mhh?
Was zum...?!
KRÜMEL
KRÜMEL

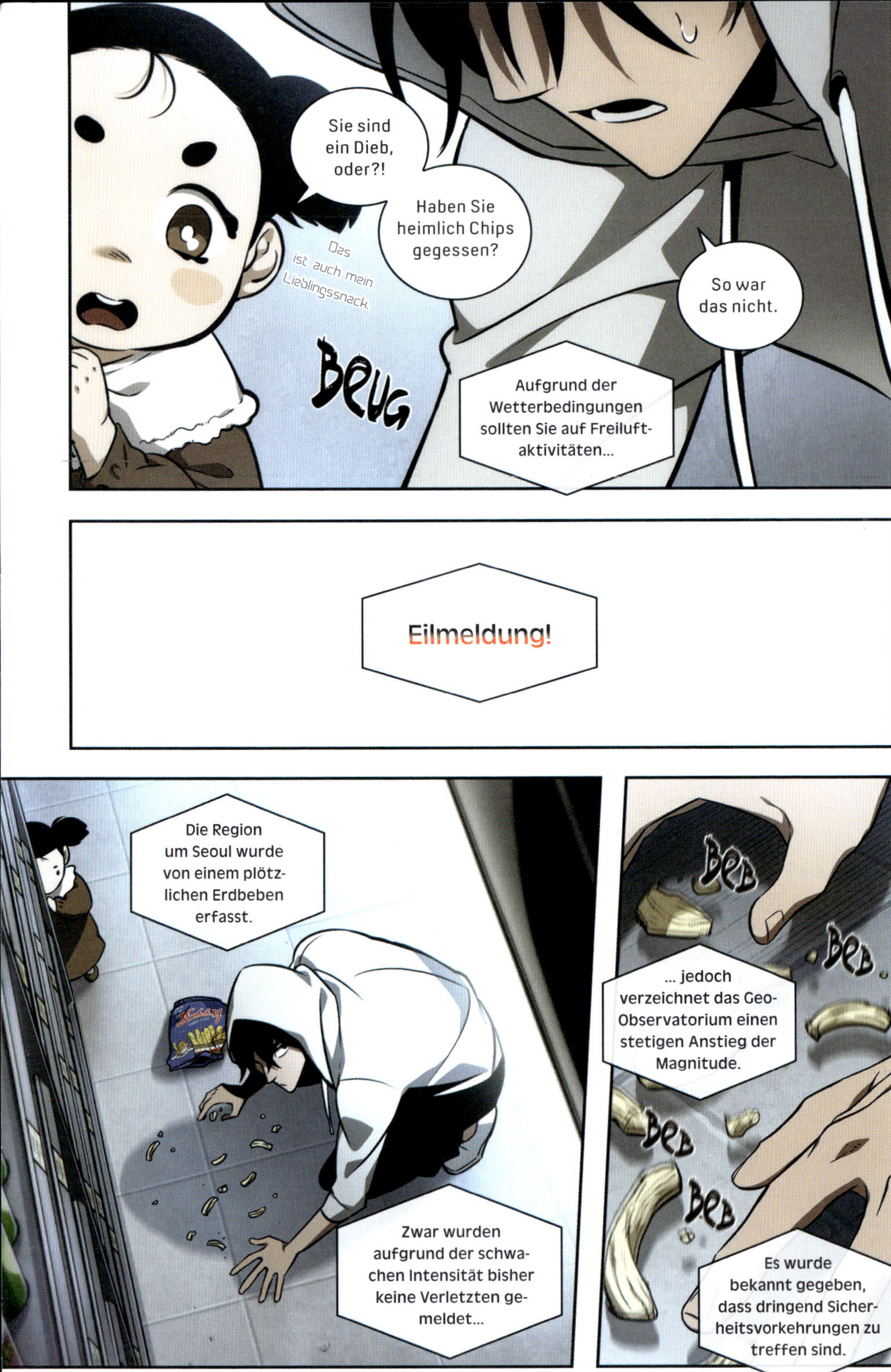
Sie sind ein Dieb, oder?!
Haben Sie heimlich Chips gegessen?
Das ist auch mein Lieblingssnack.
BEUG
So war das nicht.
Aufgrund der Wetterbedingungen sollten Sie auf Freiluftaktivitäten...
Eilmeldung!
Die Region um Seoul wurde von einem plötzlichen Erdbeben erfasst.
Zwar wurden aufgrund der schwachen Intensität bisher keine Verletzten gemeldet...
BEB
BEB
... jedoch verzeichnet das Geo-Observatorium einen stetigen Anstieg der Magnitude.
BEB
BEB
Es wurde bekannt gegeben, dass dringend Sicherheitsvorkehrungen zu treffen sind.

Die Regierung...
KLACKER
Was ist da los?
Vorkehrungen mü... unverzü...
KLACKER
BA BA BA BA BA
Ahhhhh!
Was zum Teufel ist das?!
Urghh!
Arghhhh!
Ah...

Riesen
Ist jemand verletzt?
Ich habe einen Krankenwagen gerufen, er müsste jeden Moment hier sein!
Alles okay bei dir, Kleine?
Ja.

Aber Herr Dieb...
... was ist das für ein Ding?

England
Japan
In Seoul sowie in anderen Städten weltweit erschienen...
... unerklärliche Bauten von gewaltiger Struktur.
Die Menschen gaben ihnen den Namen...
... »Albtraumtürme«.

PINNNG
Und dann...
<Herzlichen Glückwunsch!>
Du wurdest dazu auserwählt, als »Tower Walker« die Welt zu retten.
Wirst du dem Ruf folgen?
Annehmen
Ablehnen
Tower Walker?
DIDING
FSCHHHH
Den Menschen, die dem Ruf des Turms folgten und auf dessen Schlachtfeld versetzt wurden...
... wurde die Ehre des »Interface System« zuteil, mit dem sie...
KLIMPER
... wie bei einem Videospiel Items und Skills erhalten konnten.

Aber bald wurde ihnen bewusst, dass dies alles andere als ein Spiel war.
In wenigen Minuten wird sich in eurer Welt ein »Tower Impact« ereignen.
Ist das etwa die Außenseite des Turms?

Herr Ho, sehen Sie das auch...?
Was zum...?! Das ist doch ein Mensch, oder etwa nicht?
Vorsicht! Das ist ge-fährlich!
Jemand muss die Polizei oder den Rettungsdienst rufen!
FUMP
FUMP
FLETSCH

Ein katastrophales Ereignis, bei dem Monster aus dem Inneren des Turms über die Welt herfallen:
Der »Tower Impact«.
WIIING
WIIIINNNNG
KRAWUMM

BWOOH
BWOOH
KROOOHHHH
WRUUUMMMS

Die aus den Türmen strömenden Monster...
... rotteten ein Drittel der Menschheit aus.
Und den Menschen innerhalb des Turms blieb nichts anderes übrig, als hilflos dabei zuzusehen.
Du wurdest dazu auserwählt, als »Tower Walker« die Welt zu retten.
Wirst du dem Ruf folgen?
Ablehnen
Als Tower Walker...
... die Welt retten?
Lasst uns zusammen den Turm erklimmen!
G...Genau! Es heißt, wir könnten so die Welt retten!
Auf geht's!
WUUUAAAHHH
Was soll's, versuchen wir es!
Wenn wir den Turm bezwingen... wird dieser Albtraum ganz bestimmt ein Ende haben.

Mit besonderen Kräften und Fähigkeiten ausgerüstet, waren die Tower Walker die letzte Hoffnung der Menschheit.
Um die Ausrottung der Menschheit zu verhindern, machten sie sich auf den Weg...
TAPP
... die Spitze des Turms zu erklimmen.

Haa... verdammt.
Da kommen wir nie im Leben vorbei.
Was ist das Problem?
Wir schlagen uns einfach den Weg frei!
Mit so einer einfältigen Denkweise kommst du hier nicht...
WRUMMS
BRÖCKEL
Was...?
Boss, das müssen Sie sehen!
Klappt ja doch...

Mhh? Was ist das denn?
Der Stein leuchtet?
Soll das heißen, wir können damit wirklich in die Vergangenheit reisen?
Regressionsstein
Schickt den Nutzer zurück in die Zeit, kurz nachdem er den Turm betreten hat. Die Erinnerungen des Nutzers bleiben vollständig erhalten. Der Stein kann aufgespalten werden.
Unmöglich... das muss ein Scherz sein!
Leute...
Ich probier es aus...
... und berichte euch davon.
Inchan Hwang
Anführer der Tower Walker
SRR
RRT
!
SWUU
USCH

ZWU
Ist er wirklich...
MMMM
... verschwunden?!

Aber kann er auch wieder zurück-kommen?
Wenn man in die Vergangenheit reist, sollte man trotzdem noch in der Gegenwart existieren, oder nicht?
So wie Captain America...
Für mich...
... ist die Sache klar.
Sakamoto (Ex-)Lehrkraft für Naturwissen-schaften
Er ist unmiss-verständlich in die Vergangenheit unserer Welt gereist.
Da sich dadurch aber die Zeitachse aufge-spalten hat, wird er uns vermutlich nie wieder begegnen können.

Sakamoto erklärte die Situation mittels verschiedener etablierter Wissenschaftstheorien, unter anderem auch der des Multiversums und des Paralleluniversums.
Demnach sei die aktuelle Situation das Ergebnis einer Aufspaltung der Zeitachsen des Universums.
In dem Moment, in dem Inchan Hwang in die Vergangenheit verschwand, trennte sich seine Welt von unserer.
Schlussendlich gab es nur eine Sache, die für uns wirklich feststand.
Wie kann das sein?
?
Schrecklich…
Ich weiß genau, dass ihr nichts davon verstanden habt.
Inchan Hwang war in die Vergangenheit gereist.
Aber diese Tatsache hatte nichts…
… an der Situation in unserer Welt verändert.

Soweit ich weiß, hat der Turm bezüglich der Items...
... noch nie gelogen.
Regressionsstein
Schickt den Nutzer zurück in die Zeit, kurz nachdem er den Turm betreten hat Erinnerungen des Nutzers bleiben vollständig erhalten. D Stein kann aufgespalten werd
Dieser Stein wird uns alle in Welten unterschiedlicher Zeitachsen transportieren.
Das ist bis hierher natürlich alles nur meine Theorie.
Ich kann nicht vollständig ausschließen, dass die Nutzer nicht doch alle in dieselbe Zeitachse zurückversetzt werden.
Die Items in diesem Turm...
... übersteigen dafür einfach unseren menschlichen Wissensstand.
Währenddessen...
BZZZT

... ereignete sich in der Außenwelt der zweite Tower Impact.
KRUMMMS
Kieeeeeeh

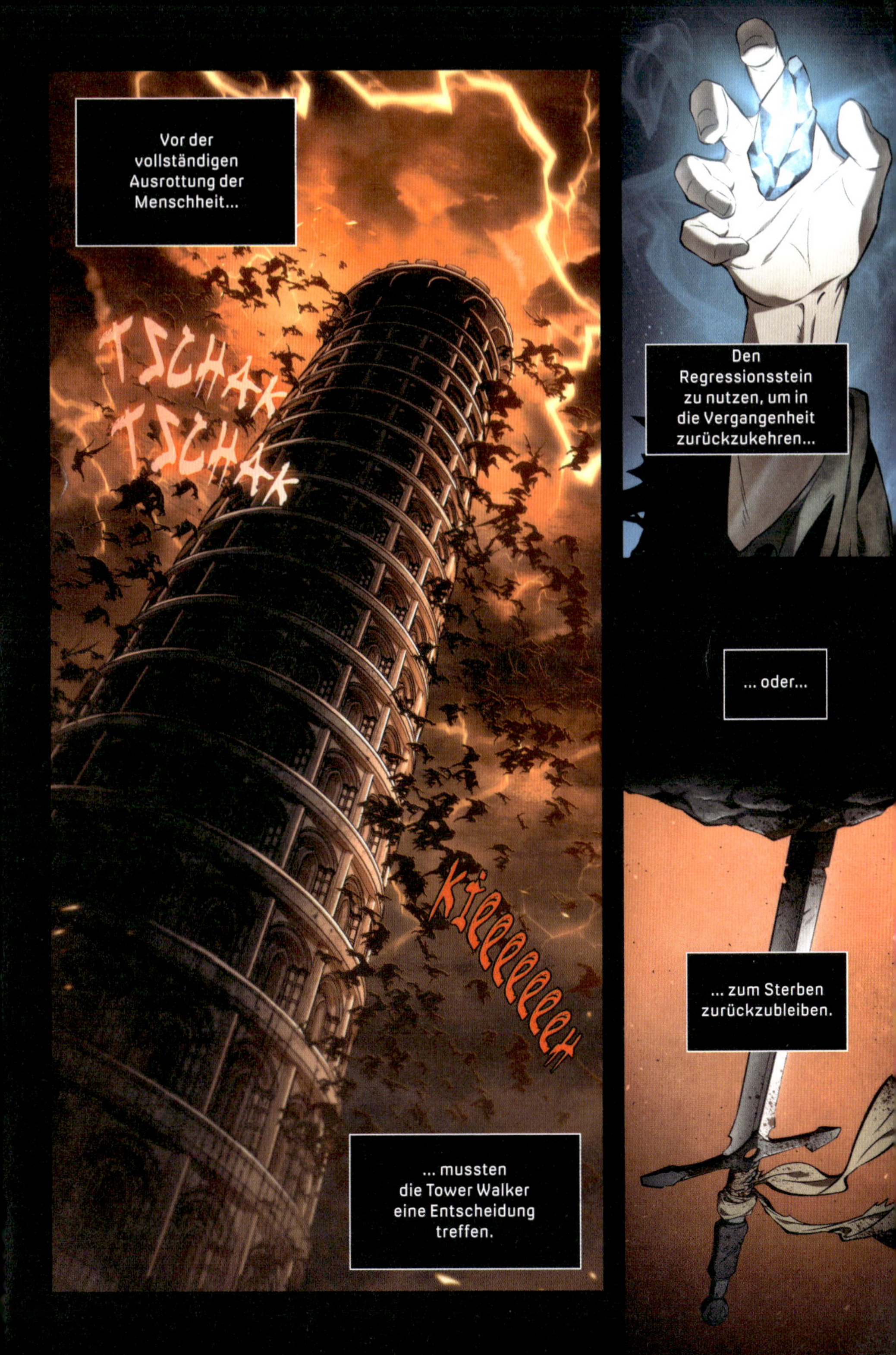
Vor der vollständigen Ausrottung der Menschheit...
TSCHAK TSCHAK
KIEEEEEEEK
... mussten die Tower Walker eine Entscheidung treffen.
Den Regressionsstein zu nutzen, um in die Vergangenheit zurückzukehren...
... oder...
... zum Sterben zurückzubleiben.

BAMPR
Kwahhhrgh!
RUMP
KYUAAAAAAAAAGH
Huaargh!
Hilf...guahh!
SPRITZ
Das war's...
Es gibt keine
Hoffnung mehr.
KRRRRK

Verdammt! Die Situation ist zu...
Diese Welt ist eh nicht mehr zu retten...!
SWUSCH
SPLATSCH
SWUSCH
Verzeih mir...
... aber wir haben keine Chance mehr.

FUMP
Kieeeee
eeeeHH

SSSIRRT
RATSCH
RITSCH
RATSCH
RITSCH

SPRITZ
KLATSCH
SPRITZ
RUMMS
Alles in Ordnung?
J...Ja.
Sind diese...
... verdammten Mistkerle...

... einfach so abgehauen?
Danke...
... dass du bis zum Schluss deinen Mann gestan-den hast.

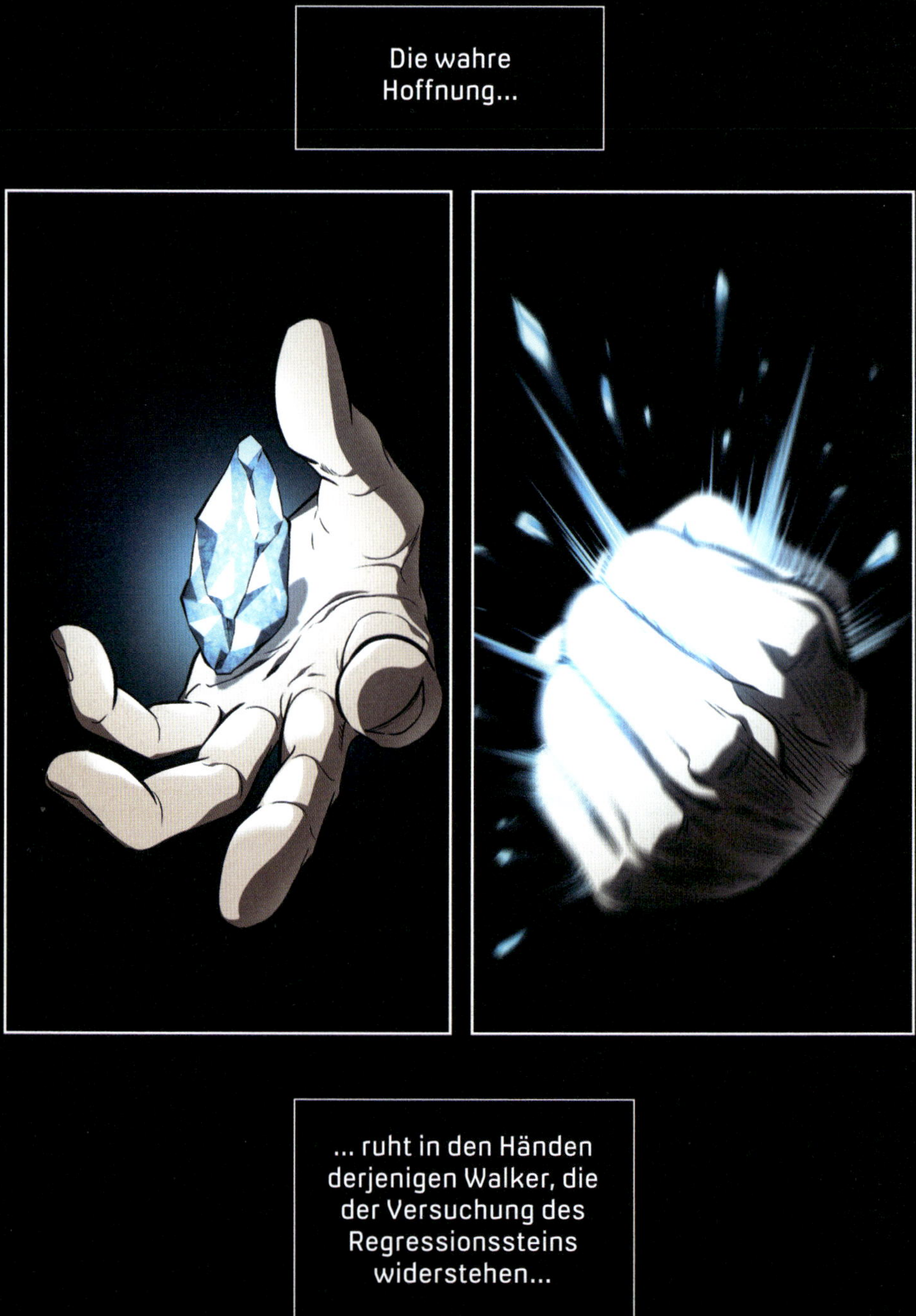
Die wahre Hoffnung...
... ruht in den Händen derjenigen Walker, die der Versuchung des Regressionssteins widerstehen...

... um die Gegenwart anstelle der Vergangenheit zu retten.
Los geht's.
Sie sind die letzten Verteidiger der Menschheit.
»Carpe Diem«.

The WORLD AFTER the FALL

Hghh...
Haa...
Mghh...
Argh...

Was haben
wir nur...
... falsch gemacht?

FSCH
FUMP
Aaaarghhhh!
Hier drüben, du Monster!
Jaehwan! Jetzt!
SCH

Keine Sorge!
Es reicht jetzt...!

Stirb!!!

Irgendwelche Verluste?
Zum Glück keine, wie es aussieht.
Die Verletzten sollten nach kurzer Pause auch wieder fit sein.
Wenn es so weitergeht, schaffen wir es wirklich noch bis zur letzten Ebene.

WINK
Mhh?

Das ist...
SCHAAAAA
Anti-Drachen-Schwert
Um Drachen zu besiegen, schmiedete der Bossgegner der 85. Ebene 1000 Tage und Nächte lang dieses Schwert. Es enthält die Energie der Sonne und des Mondes.

Eine stärkere Waffe... Die kommt im richtigen Moment.
Es ist genau, wie Yunhwan gesagt hat.

Vielleicht schaffen wir es wirklich bis zur Turmspitze.
Alles verlief problemlos. Das dachte ich zumindest.

98. Ebene
<Raum des Höllenfeuers>
Urgh...
Ha...
Argh...
Ahh...
WUSCH

BWOOO
Arghhh...!

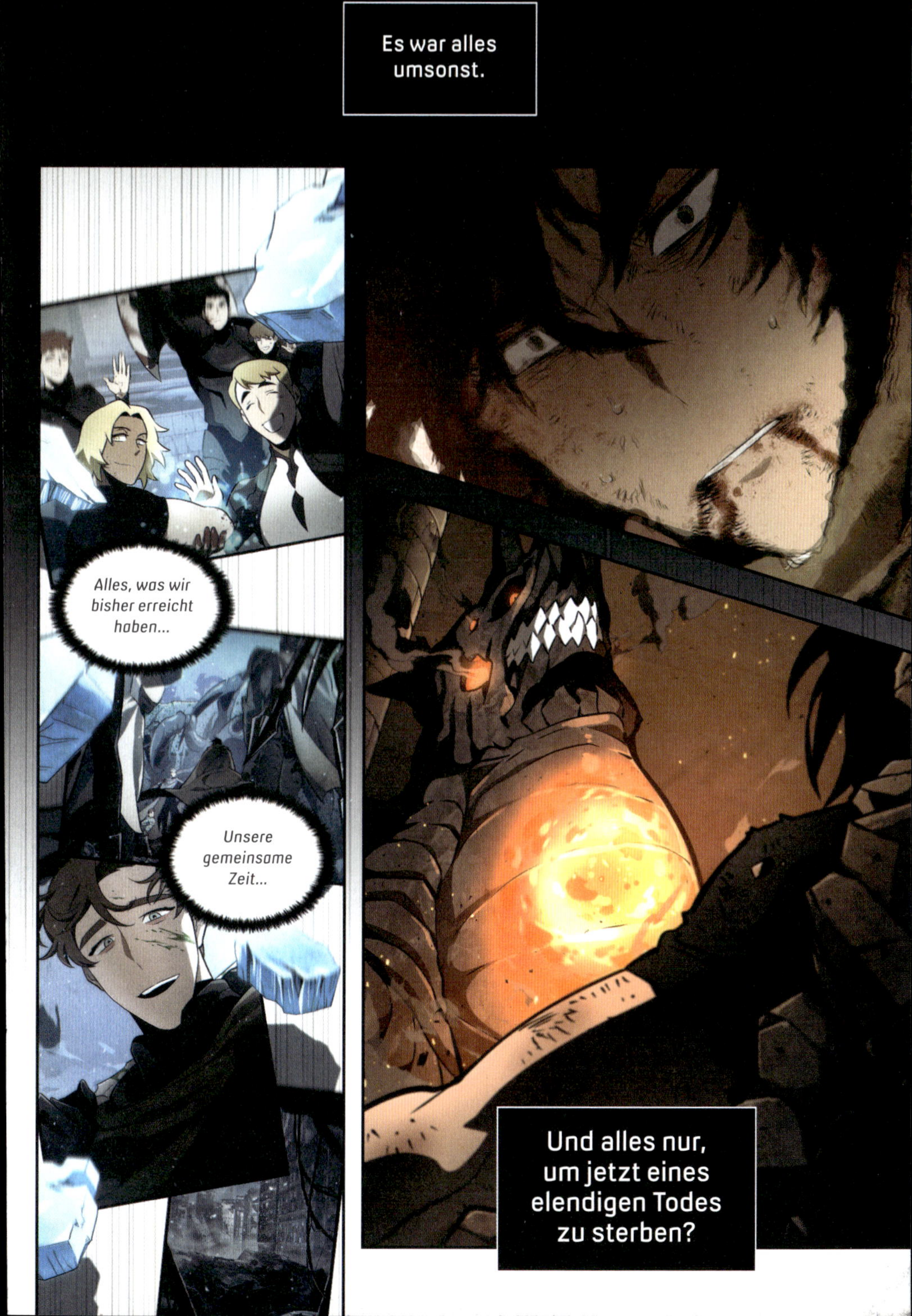
Es war alles umsonst.
Alles, was wir bisher erreicht haben...
Unsere gemeinsame Zeit...
Und alles nur, um jetzt eines elendigen Todes zu sterben?

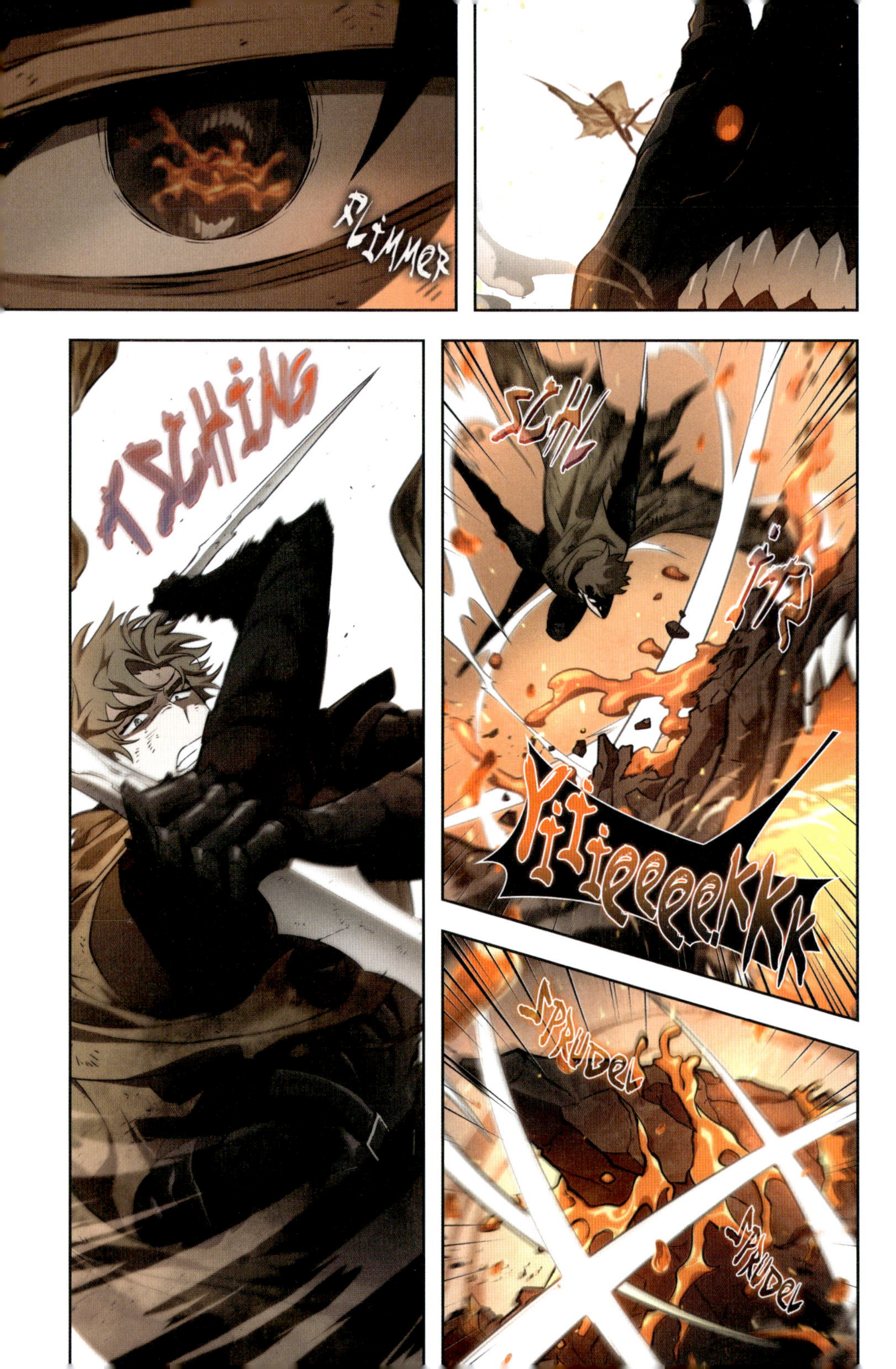
FLIMMER
TSCHING
SCHL
RIP
YIIIEEEEKKK
SPRUDEL
SPRUDEL

Jaehwan! Reiß dich zusammen!
RISCH
Yunhwan...
WIRBEL
RUMP
BWOSHH
Den Kerl knöpfe ich mir allein vor!
SWUSCH

DOMPF

RIPPP
Yunhwan!!!
BWOOH
BWOOH

DOOM
DOOM
DOOM
DOOM
Kyaaaargh!

KNIRSCH

SCHIMMER

Was ist das?
Dieses Licht ist…?!
Unmöglich…
BAMM

ZIIISCH

Ahh...
Argh...
Ahh.

Lass uns gehen, Yunhwan.

Du...!
Verzeih mir...
... Jaehwan.

Kim.
Ein Mann, der selbst innerhalb dieses gottverlassenen, grausamen Turms...
... niemals sein Lächeln verlor.
Die Walker gaben ihm den Spitznamen »Smile Knight«.
Aber ebendieser »Smile Knight«...
... verlor in diesem Moment zum ersten Mal sein Lächeln.
Geh.
Verpiss dich.
Bevor ich meine Meinung ändere.

Jaehwan, dieser Teufels-kerl. Hat er es etwa bemerkt?
Wie erwartet war das wohl zu offensichtlich.

SCHLEIF
Jaehwan, du bist noch viel stärker, als ich dachte.
Argh...!
Dank dir bin ich mir nun sicher.
LEHN
Die Spitze des Turms ist erklimmbar...
... solange du hier bist.

Ich bin froh, dass es dich in dieser Welt gibt.

FSSSCHHHH
Jaehwan.
FSSSCHHHH
STREIF

Lass uns...
KRRRRRRRRK
... weiter-gehen.
WHUUUU

Ist das...
... eine
Eiswüste?

The WORLD AFTER the FALL

The WORLD AFTER the FALL

WHUUUUUU
TAPP
TAPP
Haa...
TAPP
TAPP
Ha!
BZZZZ
ZZK

KRACK
KRRRRRK
KRACK
KRACK
SCHLITTER
Ugh!

Gibst du endlich auf, du kleine Ratte?

Als ob.
Und du? Etwa schon keine Lust mehr, mit mir zu spielen?

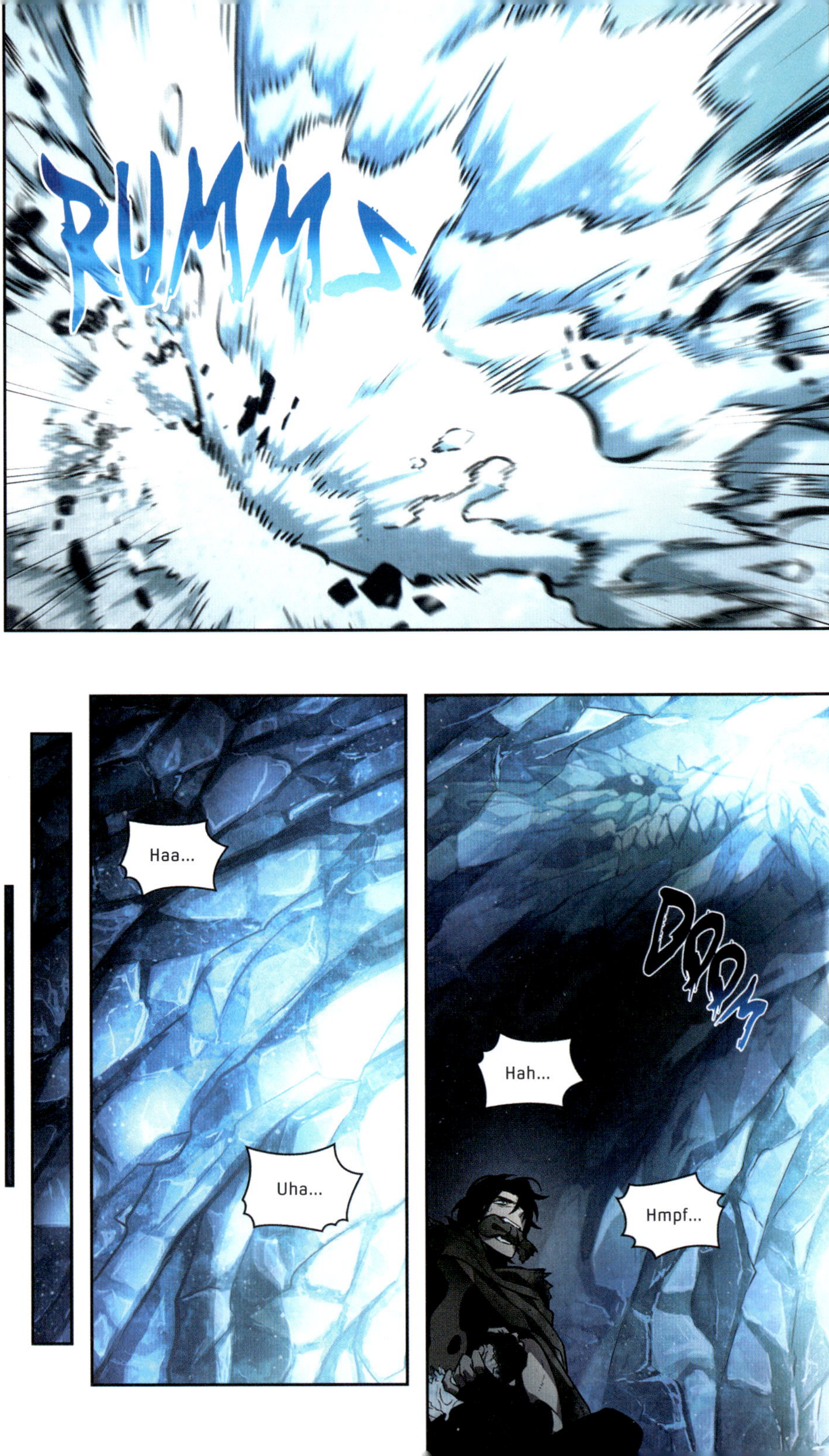
RUMMS
Haa...
Uha...
DOOM
Hah...
Hmpf...

SCHNÜFFEL
Schon wieder dieses lächerliche Versteckspiel?
Es sind zehn Jahre vergangen, seit ich die 99. Ebene erreicht habe.
DOOOM
DOOOM
Bis zur 98. Ebene hatte ich zwar schon viele Gefahren überwunden…
… aber das Schwierigkeitslevel ist nicht annähernd mit dem der 99. Ebene zu vergleichen.
DOOOM
Arghh!

Boss der 99. Ebene
[Eisdrache Velkisus]
Ohne die Ausrüstung, die die anderen Walker zurückgelassen haben...
... wäre mein Leben schon längst vorbei gewesen.

Der Atem dieses Drachen aus einem längst vergessenen Land...
... ist selbst mit der maximalen Kälteresistenz kaum zu ertragen.
Das Anti-Drachen-Schwert aus der 85. Ebene...
... die Rüstung des Eisdämons, die Yunhwan mir gegeben hat...
... und...

... das Armband des Feuerkönigs.
Seoyul...
FLATTER
Es tut mir leid...

Wenn ich doch nur etwas stärker gewesen wäre, dann...
Hey...

... Jaehwan.
Mhh? 'tschuldige.
Junge, wirst du...
... dich wieder der Herausforderung stellen?
Ja. Was muss, das muss.
PLATTER
Diesmal werde ich es schaffen.
Ach, ist das so?
Freut mich zu hören.
Schmied von Atopos »Jay«

Die Siedlung wurde hier auf der 50. Ebene gegründet, nachdem der »Monsterdrache Alteminus« besiegt wurde.
Atopos
Obwohl jeden Tag getötete oder verletzte Walker zur Siedlung herunter-gebracht wurden...
... haben die Menschen hier ihre Hoffnung nie verloren.
Priester stellten Rettungsteams zusammen...
... und zogen los, um kampfunfähige Walker zu bergen.

Gleichzeitig boten Schmiede an, die Ausrüstung der Walker ohne Gegenleistung zu reparieren...
... um sie im Kampf für die Menschheit zu unterstützen.
KLANK
Sieht aus, als ob du der letzte verbliebene Schmied...
... in ganz Atopos bist, Jay.
J
Unnützes Geschwätz... Du bist sowieso der einzige Kunde hier.
Man sagt, dass in letzter Zeit kaum noch Rohstoffe von der unteren Ebene hochgebracht wurden.
Die Metalle gehen mir aus.
KLANK
KLANK

Noch bis vor ein paar Monaten hatten wir einen stetigen Zufluss von Mineralien, aber jetzt...
Kein Wunder...
... denn in diesem Turm...
... gibt es kaum noch Überlebende.
Ich weiß nicht mehr, in welchem Jahr wir uns befinden...
... aber ab einem bestimmten Zeitpunkt...
... folgte niemand mehr dem Ruf des Turms auf die 1. Ebene.

Vermutlich bedeutet das ...
GRÜBEL
... dass die Menschheit bereits ausgelöscht wurde, oder?
Mhh ...
Ist dir in letzter Zeit beim Auf- und Absteigen im Turm ...
... irgendwas Besonderes aufgefallen?
Dürfte zwar immer das Gleiche sein, aber trotzdem ...
KLANG

!
Wenn ich so darüber nachdenke…
An dem Ort, an dem der Regressions-stein entdeckt wurde…
… gab es seltsame Inschriften.
* Turm im Turm, Albtraum im Albtraum
Aber das könnten auch nur bedeutungslose Kritzeleien von irgendjemandem sein.
Außerdem weiß ich nicht mal, was das heißen soll.
»Turm im Turm, Albtraum im Albtraum«, so ein Müll!

Nein, nichts Besonderes.
WISCHEL WISCHEL
Großmutter Hyren ist vor zwei Tagen verschwunden.
Die Menschen innerhalb des Turms altern nicht. Wenn jemand verschwindet, dann also nur aus zwei Gründen.
Sie sind regrediert…
… oder…

... haben sich den Turm hinuntergestürzt.
Hyren von »Hyrens Tränke« war zusammen mit Jay von »Jays Werkstatt«...
... eine der letzten ansässigen Walker in Atopos gewesen.
KLANK
KLANK
KLANK
KLANK
Jay, bring mir...

... ein paar
deiner Techniken
bei.
ZÄGER

Hat das Versteckspiel ein Ende gefunden, Mensch?
TAPP
Seit der Errichtung dieses Turms...
... hat sich noch niemand getraut, die 99. Ebene allein zu betreten.
Du bist bemerkenswert, das muss ich dir lassen.
GRINS
Wer hätte gedacht, dass das letzte Wesen, das mich zu schätzen weiß...
... kein Mensch, sondern ein Monster sein würde?

Zu schade, dass ich dich töten muss, aber was will man machen?
Jetzt, wo du meine Stärke anerkannt hast...
Es muss sein, und das weißt du selbst, Mensch.

Ach ja?

Da wäre ich mir nicht so sicher.
Dein ach so toller Panzer...
... fängt langsam an zu bröckeln.

BRRR
ZZZZZT
Ich werde deiner Arroganz...
... und deinen Spielchen ein Ende setzen.
BWOOOOH

The WORLD AFTER the FALL

DOOM
DOOM
DOOM
DOOM
WRU
MMMMS

TROPF
TROPF

DOOM
DOOM

DOOM

Du willst also bis zum Schluss kämpfen.
Selbst all diese Beharr-lichkeit...
... kann dich am Ende nicht vor deinem Schicksal beschützen.
Du wirst in grausamer Einsamkeit...
Jaeh...
wan...
Jaehwan...
Jaehwan.

Jaehwan.
... und völlig umsonst...

Ey...
... du laberst zu viel.

TCH
ING
Du tust so stark, kannst aber nichts anderes als »Zustechen«.
Gib auf, Mensch.
Mit dieser Attacke allein kannst du mich niemals besiegen.

Ich habe im Vergleich zu anderen Walkern erst spät mit der Eroberung des Turms begonnen.
Dadurch habe ich wieder und wieder...
... die Chance auf Hidden Skills oder Hidden Classes verpasst.
Schlussendlich habe ich alle anderen Skills aufgegeben und mich...
... nur einer einzigen Attacke gewidmet.

Dem Zustechen!

... bemerkte ich
eine Veränderung
beim Einsetzen
der Attacke.
TSCHING
SHU
SHU
SHU
Noch
schneller, genauer,
kraftvoller.
Mein
Zustechen
war...
... mehr als nur eine
simple Schwerttechnik.
Es war eine Attacke von
gleichwertiger Durch-
schlagskraft wie ein
Hidden Skill.
Aber da es eben
kein echter Skill
ist, kostet es mich
auch kein Mana und
erschöpft mich nicht.

Dennoch könnte der hier...
TSCH
... eine Nummer zu groß für mich sein.
BZZZ
BA
BA
BA
BAM
Selbst nach Hunderten Attacken hat er kaum einen Kratzer abbekommen.

Verdammt!
Es ist zu spät, um auszuw...
!
Dieses Licht...!
Das ist doch...

... das gleiche Licht, das ich auf der 98. Ebene gesehen habe!
Wenn das so ist, dann...!
KLACK

Uaaahhhhh!!!

KRYAAAAA
FSCHU
FSCHU
SCHLITTER
Du...
... wagst...
... es...

Tsst... das hat wohl doch noch nicht gereicht.
Ich hatte eigentlich vor, dir den Kiefer komplett abzusäbeln.
Werd nicht so selbstgefällig wegen dieses einen Treffers!
Dein Ende naht.

BA BA
Scheiße, er greift schon wieder aus der Luft an?
Mist... So habe ich keine Chance zu gewinnen.
TAPP

BA BAMMMM

DOOOOM

Äußerst bedauerlich.
Wenn es nur zehn weitere Menschen deines Kalibers gegeben hätte...
... hättet ihr mich vermutlich sogar bezwingen können.
Halt's Maul.
Ganz schön große Klappe mit so einem losen Kiefer...
Wären deine Kameraden nicht auf den »Stein des Traumdämons« hereingefallen...
... hätte euer Schicksal ganz anders ausgesehen. Es ist eine Schande...

Stein des Traumdämons?
Wovon redest du...?
FSCHUK
RUMMS
BRÖCKEL
GRRRRRRR

WHAMM
Aha...
Haa...
Ahh...
Das war knapp...
Hätte er mich beim letzten Angriff auch nur mit einer Klaue gestreift, dann...
... wäre ich abgekratzt.

Wären deine Kameraden nicht auf den »Stein des Traumdämons« hereingefallen...
PUHH
Stein des Traumdämons, sagst du?

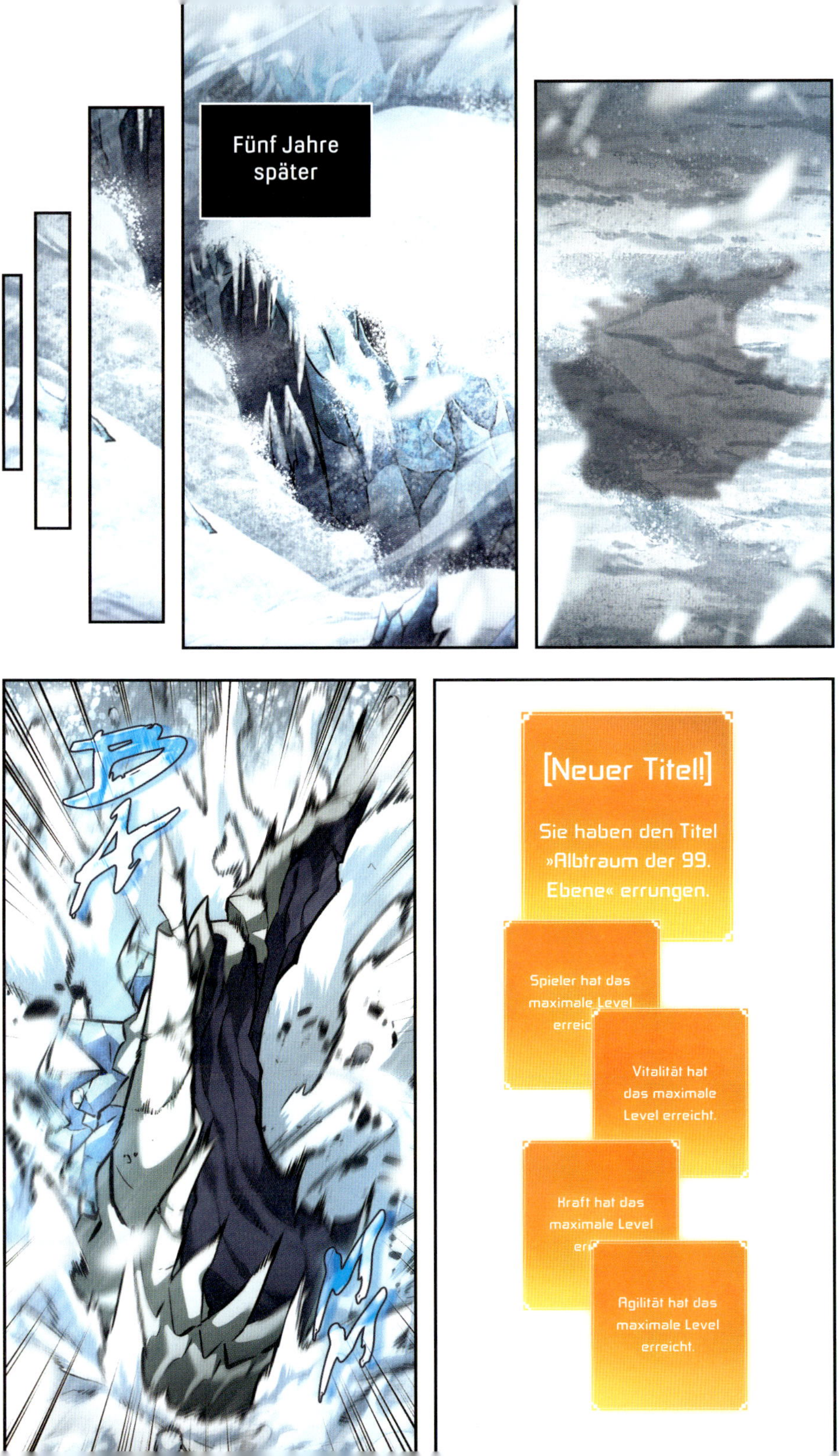
Fünf Jahre später
[Neuer Titel!]
Sie haben den Titel »Albtraum der 99. Ebene« errungen.
Spieler hat das maximale Level
erreic
Vitalität hat das maximale Level erreicht.
Kraft hat das maximale Level
Agilität hat das maximale Level erreicht.

Haah...

Irgendwie...

... poppt hier zu viel auf.

...
Hey.
Was hat es mit dem »Stein des Traumdämons« auf sich?
Du ahnst die Antwort auf deine Frage bereits...
GLUCK
... auf der letzten Ebene erfahren.
RSC
Du wirst alles...
TROPF
TROPF
Eisdrachen-Schwert
Schwert, das den Atem des Eisdrachen Velkisus enthält. Die Klinge offenbart sich, wenn der Besitzer seinen Willen zum Kämpfen zeigt.

Das soll ein Schwert sein?
Sieht nicht gerade danach aus.
Eher ein Dolch?
BLUBBER
BLUBBER
Und das ist also das Tor...?

The WORLD AFTER the FALL

GLUCKER
GLUCKER
Das ist...

DA DAM
Ist das der Turm… in Echtzeit?
Die Beschwörungsplattform.
Atopos…

Sieh an, da bist du ja schon.
Ich hatte angenommen, du würdest erst einmal in die Siedlung zurückkehren.
DREH
Kein Grund, so nervös zu sein.
Warte kurz. Ich habe ganz vergessen, dir eine wichtige Nachricht zu schicken.
KLACK
Fühl dich wie zu Hause.
Von außen mag das hier alles topmodern aussehen...
... aber die Bedienung ist äußerst umständlich. ein uraltes Ding...
PING

[Herzlichen Glückwunsch!]
Sie haben als Erster der 294. Welt erfolgreich das Tutorial durchgespielt.
Die Dokumentation über Ihre bemerkenswerte Leistung wird auf ewig in der unvergänglichen Bibliothek, dem »Akashik-Archiv«, aufbewahrt werden.
Die Aufzeichnungen können den Herrschern des »Großen Reiches« als Lektüre zur Verfügung gestellt werden.
Sie haben als Erster der 294. Welt erfolgreich das Tutorial durchgespielt.
Die Dokumentation
Was soll das heißen?
Tutorial...?
PLATSCH

Herrje, der Schock sitzt wohl tief?
Du solltest jedoch schnell wieder zu dir kommen...
... sonst...
DO DO DO
DO DO DO
DOOM

... gehen deine Gefühle am Ende noch mit dir durch.
Aber eventuell... ist es dafür auch schon zu spät.
Na ja, für einen Menschen hast du dich gut geschlagen. Nimm es nicht so schw...
ERSTARR
!

Du hast dich... schneller erholt, als ich dachte.
Und was bist du für einer?
Grundgütiger. Da habe ich bei meinem langen Monolog glatt vergessen, mich vorzustellen!
Ich habe mich schon lange darauf gefreut, dich endlich kennenzulernen.
Es ist auch für mich das allererste Mal, dass jemand ganz allein bis auf die 100. Ebene des Tutorials vordringt.
Gestatten? »Beastreign«, Dämon und...
... Eigentümer dieses »Albtraumturms«, den du gerade erfolgreich durchgespielt hast.

Wenn das alles bisher nur das Tutorial war, dann...
... gibt es noch ein Hauptspiel?
He, du bist ein schlaues Bürschchen.
Aber zuerst...
... lass mich dir noch etwas präsentieren.

Was soll das? Ist das hier ein Spiel?
PTTUNNNG
Was ist mit uns passiert?
Was ist das für eine Tür? Lässt sie sich öffnen?
Seoyul hat beschlossen, sich diesmal dem Trupp anzuschließen.
Wie schön, sie alle nach so langer Zeit mal wieder-zusehen.
Das geht doch klar, oder?
Drei sind immerhin besser als zwei.

Hallo, ich heiße Jaehwan.
Ich stamme aus Seoul, Südkorea. Meine bevorzugte Waffe ist das Schwert.
Hach! All diese Gesichter, die wir nun nie wiedersehen werden.
Warte, gleich kommt das Beste!
Hey, Jaehwan.

Niemand hätte damals damit rechnen können.
Hör auf zu starren und fang lieber an zu kämpfen!
Seoyul...
Eine Zukunft voller Tränen...
... mach die Augen auf.
Seoyul, bitte...
... und Tragödien.
Ähem, bei der Szene musste ich richtig mitweinen...
Verzeih mir...
... Jaehwan.

Wie ist es nun? Erinnerst du dich wieder daran? An die Trauer, den Groll, das Bedauern...
Obwohl die Tage weit hinter uns liegen, verbleiben in uns diese nutzlosen Gefühle.
Aber ich will dir eine neue Chance geben.
Jaehwan, du kannst dieses Spiel...
... noch einmal von vorne beginnen.

Haha!
Was für eine großartige Chance! Hab ich nicht recht?
SSSSSRT
In deiner Welt passiert so etwas sonst nur im Märchen, oder?
SCHLÄNGEL
Ein Neustart mit all deinen intakten Erinnerungen.
Das hier… ist nicht das Ende?!
<Herzlichen Glückwunsch!>
Du wurdest dazu auserwählt, als »Tower Walker« die Welt zu retten.
Wirst du dem Ruf folgen?
Annehmen
Ablehnen
Hieß es nicht, dass wir die Welt retten könnten, wenn wir den Turm bezwingen?

Alles war von Anfang an...
... nur ein Trick.
Es gab keine Möglichkeit, die Tower Impacts anderweitig zu verhindern...
... und so blieb uns nichts anderes übrig, als...
... wieder und wieder zu versuchen, den Turm zu erobern.

Die Rettung der Menschheit...
... war nichts als unser Wunschdenken.
Mittler-weile...
... müsste dir doch eine Sache klar sein.

Ich...
... reise niemals in die Vergangenheit.

Hm...
Hah...
GWHAHAHAHA!

Du hängst immer noch an der Geschichte mit der Vergangenheit?
Lass mich eines klarstellen.
Nirgendwo in diesem gesamten Turm...
... nein, nicht einmal im ganzen »Großen Reich« existiert ein Item...
... welches dich in die Vergangenheit transportieren könnte.
Pff, Zeitreisen... Solche Zaubertricks gibt es hier nicht.

Was soll das heißen?
Im Turm gibt es eindeutig ein Item, das sich Regres- sionsstein...
Wären deine Kameraden nicht auf den »Stein des Traumdämons« hereingefallen...
... hätte euer Schicksal ganz anders aus- gesehen. Es ist eine Schande...

Da muss ich dich leider korrigieren.
Das war kein »Regressionsstein«, sondern ...
FSCHHHH
... der »Stein des Traumdämons«.
Diejenigen, die den Stein verwendet haben, sind nicht in die Vergangenheit gereist.
Sie wurden lediglich in einer vom Traumdämon geschaffenen Illusion gefangen.
Bis zur 77. Ebene hätte ich es nie für möglich gehalten ...
... dass es eine Spezies gibt, die so besessen davon ist, zurück in die Vergangenheit zu kehren.
Da seid ihr Menschen wohl die einzige.

Ja, das kann gut sein.
Du bist cool drauf, wie erwartet.
Sehr schön. Wollen wir dann mit dem Hauptspiel los-legen?
PING
Das wird keine Reise in die Vergan-genheit.
[Tutorial beendet]
Herzlichen Glückwunsch zum erfolgreichen Abschluss des Tutorials!
Möchtest du weitermachen und das Hauptspiel beginnen?
Ja
Nein
Ich vertraue darauf, dass du eine vernünftige Entsch...
DUDUP
?!
Das Spiel beginnt lediglich von Neuem.

Dank dir habe ich den Turm als das erkannt, was er wirklich ist.
BZZZ
ZZZT
[Item-Information]
Name: Albtraumturm – Tutorial-Modus
Beschreibung: Auch »Festung der Reue« genannt; die zweite Albtraumschöpfung des Traumdämons »Mulack«.
rsetzt jene, die dem Ruf des rms folgen, in eine Illusion des Traumdämons.
Ich befinde mich schon längst in einer »Illusion des Traumdämons«, der diesen Turm geschaffen hat.

Und wenn das so ist, dann...
... bring ich dich jetzt zur Strecke...

... und steig in die nächste Ebene auf.

The WORLD AFTER the FALL

Welche nächste Ebene?
So etwas gibt es nicht. Der Turm ist hier zu Ende.
Ich glaub dir kein Wort.
BA
Ah, bist du unzufrieden mit der Belohnung?
Haha, allein seine Erinnerung behalten zu dürfen ist wohl tatsächlich etwas...

BAMPF
Also wirklich...
FSCHHHH
Na schön, was hättest du gern?
Ein Hidden Item? Ein Hidden Skill?
Was auch immer du möchtest, du hast es dir verdient, Jaehwan.
Ich brauche nichts von dem Mist.

RISCH
Willst du etwa nicht in deine alte Welt zurück-kehren?

RATTER RATTER
Da du bereits selbst darauf gekommen bist, dass dieser Turm nur eine Illusion ist, kannst du es dir sicher schon denken.
So etwas wie Tower Impacts hat es nie gegeben.
Du hast die Kinotickets reserviert, ja?
Ah, Mist... Ich hab's vergessen.
Haah, echt jetzt? Lasst uns erst mal los, ich kauf die Tickets schnell.
KLAPPER
Das ist...
Was zum...
KLAPPER

Was? Was soll das...
Hey, du bist spät dran.
Tut mir leid, ich stand im Stau.
SWUSCH
Hahahaha!
Sieht aus, als hättest du die Situation langsam begriffen.

Niemand ist gestorben.
Überra-schend, nicht wahr?
»Familie« und »Freunde«...
Dieser Typ guckt sich ziemlich komisches Zeug an.
... haben für euch Menschen doch einen beson-deren Stellenwert. Ich kann mir vor-stellen...
... dass das für dich eine erfreuliche Nachricht sein muss.
Ah!
SCHNIPPS
Das Aller-wichtigste hätte ich beinahe ver-gessen.

Wie geht es den Patienten heute?
Sie sind noch immer nicht bei Bewusstsein.
TAPP
TAPP

Das bin doch... ich?
Bist du überrascht, wie unversehrt du aussiehst?

In dieser Welt sind Jahrzehnte ins Land gezogen...
... aber in eurer Welt...
... ist kaum mehr als ein Monat vergangen.
SCHAAA
Darüber hinaus hättest du nicht die geringste Chance gegen mich.
Du hast mit Müh und Not gerade so das Tutorial geschafft. Zwischen dir und mir...
... herrscht ein Kräfteunterschied wie zwischen Menschen und Drachen.
Mehr nicht?
Einen Drachen...

TSUH
INGGG
... habe ich schon einmal bezwungen.
Ha!
Du Narr...!

KIEEEEEEK
KRAK
Jay.
Ich bin zurück.
Jay...?

KLACK

72-mal bin ich nun gegen ihn angetreten. Jeden Tag, ohne Ausnahme.
Doch wie immer ich ihn auch angreife, er hat nie Schaden genommen.
Aber immerhin bin ich auch noch am Leben.
Ich weiß nicht warum, aber dieser Kerl scheint nicht vorzuhaben, mich zu töten.
Egal wie viele Tage...
... oder wie viele Jahre es dauert...

Bleib ruhig …
KNABBER
Ich muss mich zurückhalten. Der Kerl ist lediglich mein »Produkt«. Ich muss ihn verkaufen.
Darüber hinaus ist er etwas ganz Besonderes.

In all meinen Jahren als »Kultiva-tor«...
KNABBER
KNABBER
... habe ich das noch nie erlebt.
Der »Kultivator« sorgt in einem zweistufigen Prozess dafür, dass das Produkt...
... unbeschadet reifen und sich dem »Großen Reich« anpassen kann.
Die »1. Kultivierungsphase« umfasst, ähnlich wie in der Landwirtschaft, die Auslese von hochwertigem Saatgut.
Mittels des Tutorials werden also zunächst vielversprechende Kandidaten ausgesucht.

Diesen ausgewählten Produkten wird dann durch das Hauptspiel zu weiterem Wachstum verholfen.
Mit anderen Worten…
… in der »2. Kultivierungsphase« wird das sorgfältig ausgesuchte Saatgut sozusagen mithilfe von Wasser und Dünger herangezogen.
ZUCK
Aber dass sich ein Produkt weigert, in die nächste Phase überzugehen!
Soll ich in den sauren Apfel beißen und ihn einfach beseitigen?!
Nur weil er im Turm stirbt, heißt es ja nicht, dass seine Seele ebenso ausgelöscht wird.

Aber was, wenn seine Seele dadurch beschädigt wird? Der Kräfteunterschied ist einfach zu groß.
Die Harvester würden das nicht einfach so hinnehmen...
TRAMMEL
TRAMMEL
TRAMMEL
TRAMMEL
Er darf nicht einen Kratzer abbekommen, wenn ich ihn verkaufen will.
SCHAU
DER
Es wird Zeit für mich, endlich in der Dämonenrangliste aufzusteigen.
Außerdem muss ich den Kredit begleichen, mit dem ich diesen Turm finanziert habe.

Selbst die Götter, die normalerweise keine Geschäfte mit uns Dämonen machen, haben mich bereits seinetwegen kontaktiert! Er ist von unvergleichbarer Premiumqualität...
BLUBBER
BLUBBER

Ich dreh noch durch...
Wirst du denn nie müde?
KLANK
KLANK
KLANK
Wenn du brav mit dem Hauptspiel anfängst...
KLANK
KLANK
... wäre es doch eine Win-win-Situation, wie man in deiner Welt sagen würde.
Wieso stellst du dich so quer?

Was genau willst du von mir?
Du musst doch einen Grund dafür haben?
SCHNIPPS
Ha...
Jetzt mal ehrlich...
BEB
BEB
BEB
!

PSCHUUUU
SHAAAAX
WUMMMMS
Gwaaaah...!

Antworte gefälligst!
Sag mir, was du willst!
GRRR
Ich bring dich zur Strecke und werde zur nächsten Ebene...
Arrgh! Fängst du schon wieder damit an!
Was muss ich tun, damit du endlich mit dem Hauptspiel beginnst?!
Ich habe dir doch schon alles versprochen! Hidden Skills, Hidden Items, was du willst!
Wieso machst du ständig mit diesem Unsinn weiter?
Jetzt hab ich ihn.
Es hat sich gelohnt durchzuhalten, bis er die Geduld verloren hat.

Es gibt da etwas, das ich dich fragen will.
Ich hoffe, das schockiert dich nicht zu sehr, Jaehwan. Euer Universum besteht in Wirklichkeit…
… nicht nur aus einer Dimension.
Ich weiß.
Ach… echt?
Hast du Naturwissenschaften studiert?
Das ist Allgemeinwissen.
Auch auf der Erde existieren Theorien zum Parallel-universum und Multiversum.

Dann lass mich noch etwas mehr ins Detail gehen.
Dieses Universum hat eine Hauptdimension, die das »Große Reich« genannt wird.
Unter dieser erstrecken sich unzählige »Sekundärwelten« wie Äste eines Baums.
Die Erde ist nur einer von vielen kleinen Planeten...
... die in einer der »Sekundärwelten« verstreut sind.
Wir nennen deinen Planeten die »294. Welt«.
Indem die Walker innerhalb des Turms...
... Skills oder Items sammeln und ihren Statu verbessern...

... findet eine Anpassung an das System des »Großen Reiches« statt.
Für euch bedeutet das also die Chance, in eine neue Welt vorzudringen.
Und Dämonen, wie ich es einer bin...
... sind dafür da, die Walker durch diese Spiele zu unterstützen.

Aber warum?
Wieso tut ihr so etwas?
Schwer zu sagen.
Ich denke, dich quält in Wirklichkeit eigentlich eine andere Frage.
SCHNIPPS

Wieso wurden zwischen all den mannigfaltigen Dimensionen die »Albtraumtürme« ausgerechnet...
... in eurer Welt heraufbeschworen?
Bist du nicht neugierig?
Wieso ist es gerade eure Art...
... die zu so einem Schicksal verurteilt wurde?

Meine Frage war...
Es war reiner Zufall, dass...
Stopp.
... wieso du diesen Turm betreibst.

Eh?
Was genau hast du davon, diese Arbeit zu machen?
D...Das ist...
... eigentlich nur so eine Art Ehrenamt!
Haha, guck nicht so ungläubig.
PUSSH
Es kommt überraschend, aber wir Dämonen setzen uns auch gern für das Wohl der Gesellschaft ein.

Einer meiner Kollegen kümmert sich in einer anderen Dimension sogar um Walker, die das Spiel aufgegeben haben...
PUFF
Es gibt darüber hinaus einen Ort, an dem Menschen, Monster und Dämonen friedlich zusammenleben. Er wird das Paradies genannt. Haha...
PUFF
PUFF
FLIMMER
Nachricht
Kultivierung,

Jetzt glaubst du mir doch, oder?
achricht von deinem Herrscher
Kultivierung, aber noch keine Ernte
er darf auf keinen Fall getötet
sofort mit dir persönlich reden
erzögerung noch möglich, aber nicht
FLIMMER
Bullshit.

The WORLD AFTER the FALL

The WORLD AFTER the FALL

PING
[Spielerinformation]
Name: Jaehwan
Level: 100 (Maximum Level!)
Titel: (EX) Albtraum der 99. Ebene
Klasse: Schwertkämpfer
Besondere Fähigkeit: (EX) Beharrlichkeit
[Statusinformation]
Stärke: 100 (Maximum Level!)
Agilität: 100 (Maximum Level!)
Vitalität: 100 (Maximum Level!)
Wille: 100 (Maximum Level!)
Magie: 100 (Maximum Level!)
Das war's.

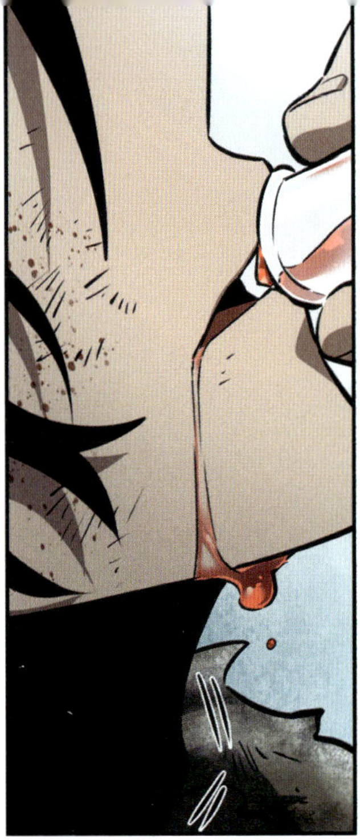

Es gibt keine Rubrik mehr, die ich noch verbessern kann.

Aber ich komme immer noch nicht an ihn ran.

BWOOH
Reichen diese Stats wirklich noch nicht aus, damit ein Mensch einen Dämon besiegen kann?
Ist das System dieser Welt...

BA
BUMM
Was war das?!
Ich hatte eben definitiv...
... so ein komisches Gefühl.
Ist das etwa...?

SWUSCHHHH
Eine Halluzination?!
GREIF
FSCHIIING
Manchmal sind die Partikel fein und ebenmäßig…
BLUBBER
BLUBBER
PUFF
… aber manchmal sind sie auch rau und starr wie Zuckerwürfel.
Sie nehmen ständig eine neue Form und Struktur an.
PUFF
PUFF

In diesem Moment habe ich instinktiv verstanden...
... dass dies die Materie sein muss, aus der sich diese Welt zusammensetzt.
Nachricht von
Kultivierung, aber

Ehrenamt, sagst du?
Und wer ist dann dieser Herrscher? Etwa ein König?
Oh! Konnte ich endlich dein Interesse wecken?
Die Herrscher sind eine Gruppe, die über das »Große Reich« regieren.
Diejenigen, die das Hauptspiel abschließen und in das »Große Reich« eintreten…
… bekommen normalerweise ein Machtangebot von den Herrschern.

Macht-angebot?
Ganz recht.
Deine Zukunft hängt davon ab, welchen Herrscher du auswählst.
GRINS
SCCHUB
... dich mit vollen Kräften zu unterstützen, damit du einen exzellenten Herrscher abbekommst.
Aber natürlich hängt alles davon ab, ob du dich brav dazu entscheidest, am Hauptspiel teilzunehmen.
Wenn du tust, was ich sage...
... schwöre ich, Beastreign, bei meiner Ehre als Dämon...
...

Du klingst wie ein Versicherungsmakler.
Wer, ich? In welcher Weise?
Unmöglich.
Na gut. Wir machen es so.
deinem
FSCHAAAAAA
In exakt zehn Tagen...
... werde ich diesen Ort verlassen.

Neun Tage
später
BAMM

Haha,
verflucht...
Er macht
schon wieder
den gesamten Tag
über nur diese
Scheiße.
Geisteskranker Kerl.

Na ja, aber nicht mehr lange, dann ist es geschafft.
Hsss…
Alles nur, weil mich diese blöden Traumdämonen übers Ohr gehauen und mir diesen Mist von Turm verkauft haben.
Das ist alles eure Schuld, ihr miesen Betrüger.
Ich habe den Turm nur gekauft, weil mir versprochen wurde, dass es die Handarbeit eines hochrangigen Traumdämons sei.
Werter Herr, für ein Werk dieses großen Meisters ist der Turm ein wahres Schnäppchen.
Aber in Wahrheit war es ein Stück Schrott der ersten Generation, dessen Herstellungsjahr nicht einmal geschätzt werden konnte.

Die dritte Generation hat eine Funktion, mit der das Tutorial gestoppt werden kann, ohne die Produkte zu beschädigen.
Wer nicht hören will, muss fühlen.
Uaaah!
Gib mir den »Ablehn«-Button zurück!
NO!!
Nope. Ich leg mich lieber mit dir an.
Annehmen
Ablehnen
Bei dieser dämlichen ersten Generation kann das Tutorial ohne Zustimmung der Produkte nicht beendet werden.

Wuaaaah!
Was soll man machen? Den Armen beißen die Hunde.
Ich werde ihn weiter benutzen, immerhin funktioniert er einigermaßen.

Morgen wird das ganze Theater endlich ein Ende haben.
PHUUU
[Must-read-Lifehacks vor Beginn des Hauptspiels]
- Was ist der Baum der Illusion?
- Durchquerung der »Wurzeln« des Baums der Illusion
- Aufbau des Baums der Illusion
- Durchquerung der »Wurzeln« des Baums der Illusion
- Verschiedene Gaumenfreuden am Baum der Illusion
[Das Wichtigste über das »Große Reich« (final)]
- Erhöhen des »Anpassungslevels«, werde ein »Angepasster«!
- Orte, die du vor deinem Tod gesehen haben musst!
- Zonen des »Großen Reiches«
- Die Herrscher des »Großen Reiches«, wer steht dahinter?
- 101 Gründe, das »Große Reich« zu besichtigen
[Neue Nachricht]
Der Spielmeister möchte das Tutorial beenden.
Sie kehren in die 294. Welt zurück und nehmen am Hauptspiel teil, ohne Ihre Erinnerungen zu verlieren.
Nehmen Sie das Angebot an?
Ja
Nein

Hast du dir die Dokumente gut eingeprägt, die ich dir gegeben habe?
Ja, danke.
Nehmen Sie das Angebot an?
Ja
Nein
Gut, dann fehlt nur noch...
... deine Einwilligung.
Ah, ich habe wirklich so lange auf diesen Tag hingefiebert...!
Meine Gefühle überwältigen mich.
Mir kommen die Trä...

Jaehwan...
... was soll denn das schon wieder?
Sieht man das nicht?

Ich werde dich jetzt...
... vernichten.
BAMM
BAMM

Seitdem ich diese Partikel zum ersten Mal gesehen habe...
... haben sich meine Bewegungen beim Zustechen anders angefühlt.
Jedes Mal, wenn ich die Attacke einsetzte...
... kam mir irgendetwas komisch vor.
Es war, als ob ein neuer »Sinn« in mir erweckt worden wäre.
GLIM
MER

Fühlt es sich so an...
... am Leben zu sein?

94. Ebene
Zuchtpflanze
[Black Iron Wood]
KRRRRRRRRRRRRK
Ha! Ich bin echt noch nie jemandem wie dir begegnet.
Wieso haben wir die Sache nicht von Anfang an auf diese Weise geklärt? Wir hätten uns beiden viel Ärger ersparen können.
Meinst du nicht auch?

Und jetzt?
QUETSCHHHHH
Ohne meine Einwilligung...
... kannst du das Spiel sowieso nicht beenden.
Ha! In Wirklichkeit...
... habe ich schon längst aufgegeben...
... dich zu überzeugen.
Diesmal habe ich eine Frage an dich.
Was lässt dich so sicher sein...
... dass dieses Tutorial unendlich weiterlaufen wird?

Dieser »Albtraumturm«...
... ist so programmiert, dass das Spiel automatisch...
... 100 Tage nach Abschluss des Tutorials beendet wird.
!
Jaehwan, du wirst...
... hier gefangen bleiben...
... bis es Zeit wird, am Hauptspiel teilzunehmen.

Dämon Beastreign.
PACK
Im »Großen Reich« nennt man dich…
… den »Trickbetrüger«, habe ich recht?
Du existierst bereits seit 784 Jahren in diesem Universum…
… und hast insgesamt 128 Welten durchquert…
… um mit den verschiedenen Spezies dort deine widerliche »Kultivierung« zu betreiben.
!
Woher weißt du…

Und du hast vor, mich dem »Harvester« zu übergeben, der auf den Namen »Herrscher der Dunkelheit« hört, richtig?
SCHUAAAAA
Was um alles in der Welt bist du?!
Was wohl?
Geehrter Herrscher der Dunkelheit,
die 1. Kultivierungsphase ist bald abgeschlossen
SCHUAAAAA

Ich bin das »Produkt«, das du hier über Jahrzehnte herangezüchtet hast.

Aber das ändert sich jetzt.
BAMM
BAMM
TSCH

Phasen des Erwachens

The WORLD AFTER the FALL

The WORLD after the FALL

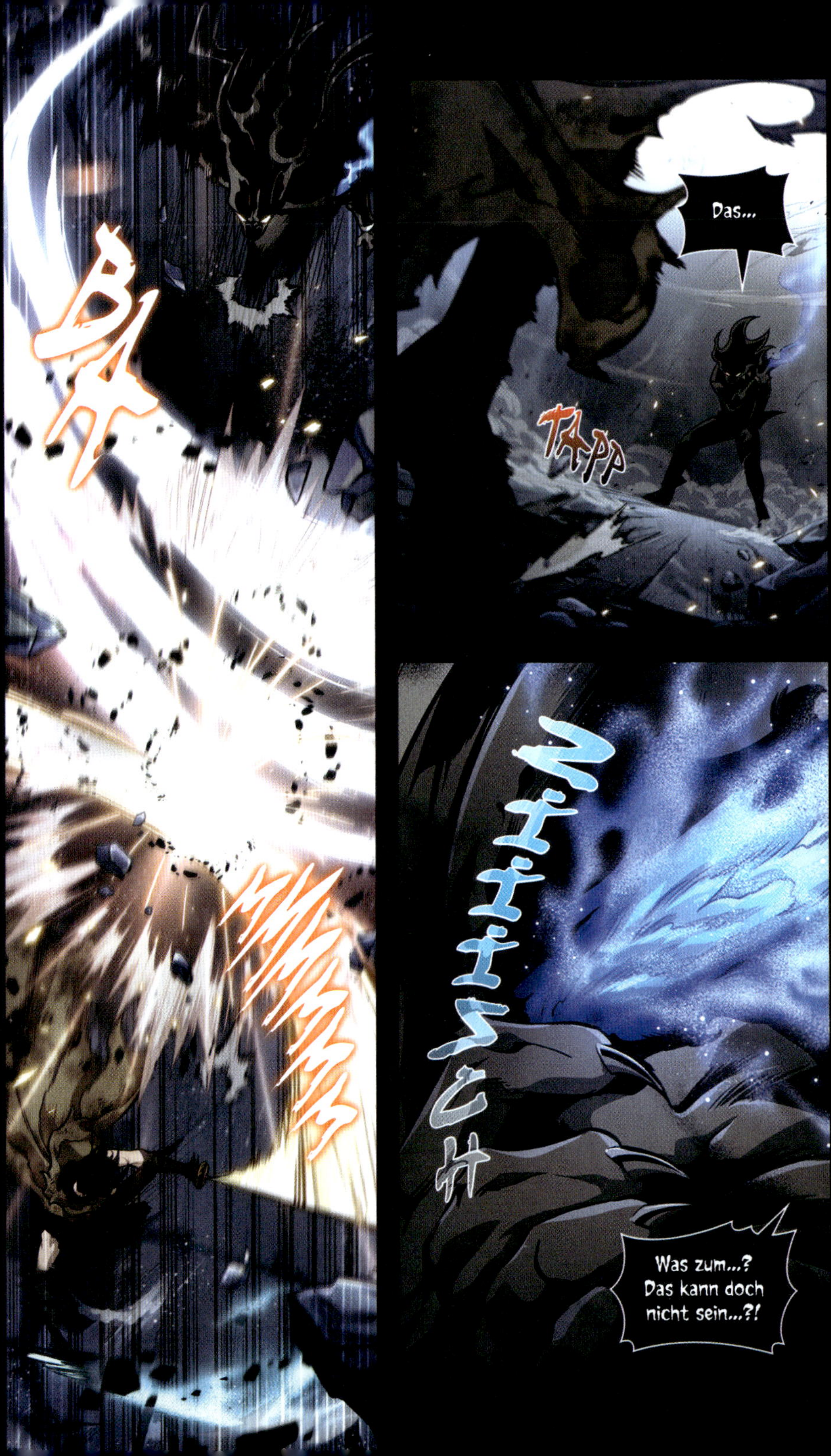
Das...
TAPP
Was zum...?
Das kann doch
nicht sein...?!

Un...
Unmöglich...
SCHUAAAAA
Ein über-
angepasster
Spieler?!
DD
DDDDOOM

Seit dem Tag, an dem ich die 100. Ebene erreichte, habe ich...
... gezweifelt.
»Existiert dieser Turm nicht auch nur in einer Illusion der Traumdämonen?«
Und gezweifelt...
»Kann mich dieser Kerl am Ende vielleicht gar nicht töten?«

Die Grundpfeiler dieser Welt wurden marode...
Und gezweifelt...
... und begannen in sich zusammen-zubrechen.
»Reichen diese Stats wirklich nicht aus, um als Mensch einen Dämon zu bezwingen?«
Geehrter Herrscher der Dunkelheit,
die 1. Kultivierungsphase ist bald abgeschlossen
anvertrauen diese Kultivierung
bis zum Ende...
Und am Ende all meiner »Zweifel«...

... als es nichts ehr gab, woran ich och hätte zweifeln können...
... habe ich echtes »Verständnis« für das Zustechen entwickelt.

SCHWUUUUUSCH
LINK!

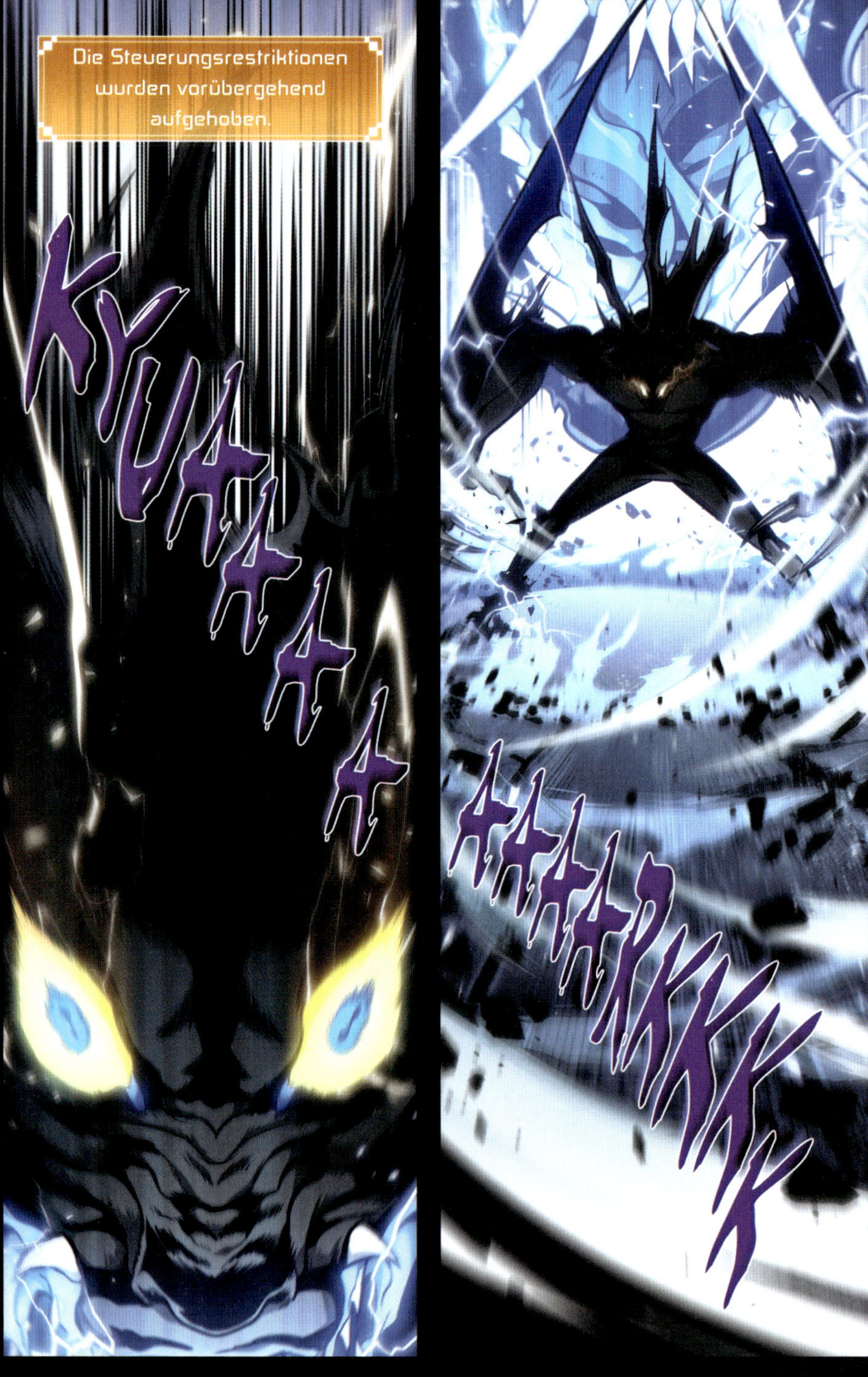
Die Steuerungsrestriktionen wurden vorübergehend aufgehoben.
KYUAAAAA
AAAARKKKK

Auch meine Gastfreundlichkeit hat einmal ein Ende. Hör auf und ergib dich!
Ich bin zwar beeindruckt, dass du bereits am Ende des Tutorials schon auf dem 2. Anpassungslevel bist…
SPRITZ
SPRITZ
TSCHAK
TSCHAK
TSCHAK
… aber du bist und bleibst dennoch nur ein Mensch!

Gegen mich kannst du niemals gewinnen! Ich bin Beastreign!
Ist das das Ende?
RUTSCH
GREIF
GREIF
Nein.

9,999,999,991
Zustechen
9,999,999,992
Zustechen
9,999,999,993

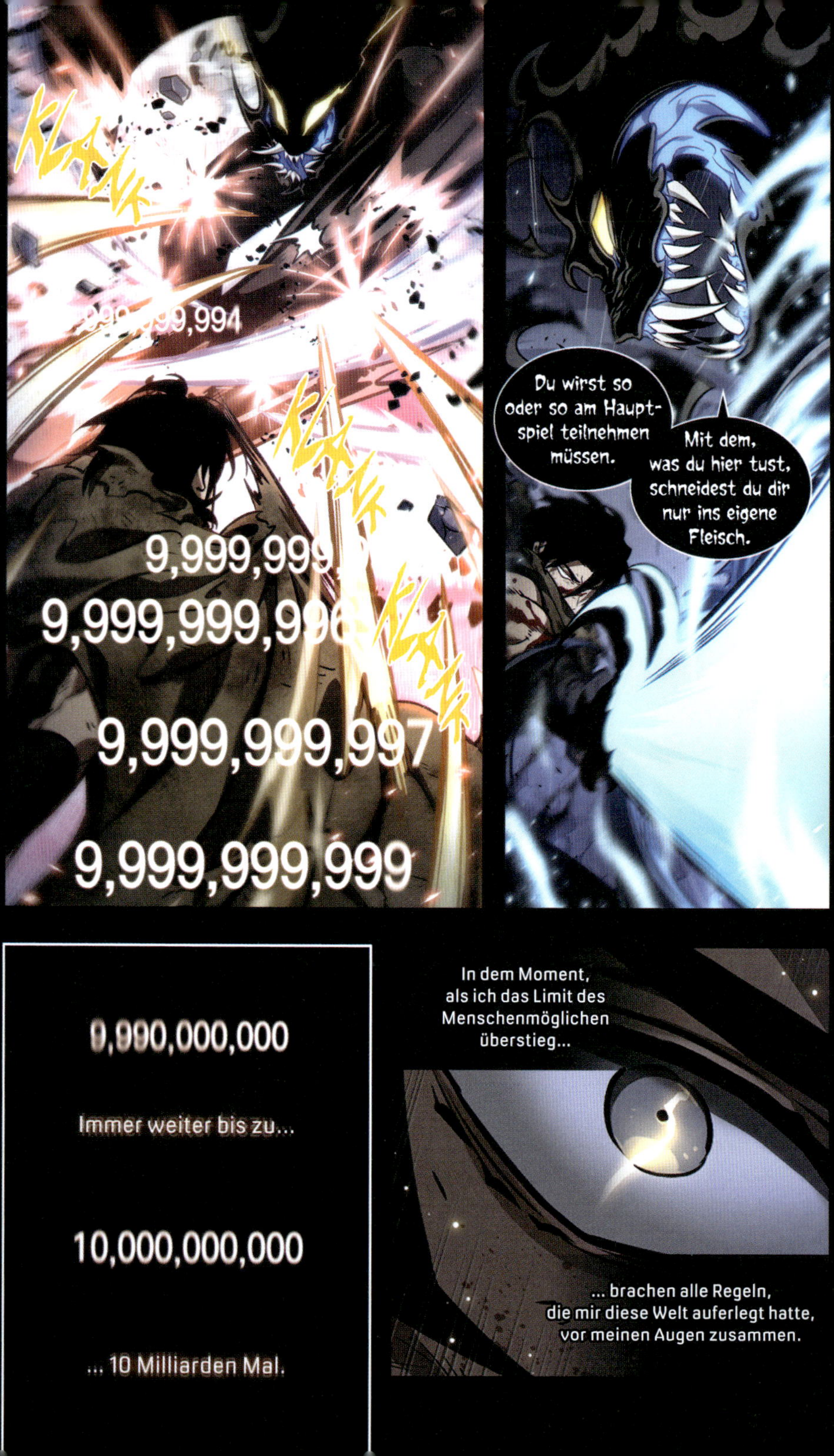

KLANK
KLANK
KLANK
9,999,999,996
9,999,999,997
9,999,999,999
Du wirst so oder so am Haupt-spiel teilnehmen müssen.
Mit dem, was du hier tust, schneidest du dir nur ins eigene Fleisch.
9,990,000,000
Immer weiter bis zu...
10,000,000,000
... 10 Milliarden Mal.
In dem Moment, als ich das Limit des Menschenmöglichen überstieg...
... brachen alle Regeln, die mir diese Welt auferlegt hatte, vor meinen Augen zusammen.

Am Ende von »Zweifel« und »Verständnis«...
... konnte ich endlich aus den vorgeschriebenen Grenzen meines »Ichs« ausbrechen.
»Leere«.
Erst jetzt fühlte ich mich wie ein vollkommener Mensch.

Und all die Sachen,
die bis dahin keinen
Sinn ergeben hatten...
... wurden
mir plötzlich
klar.

Dieses Licht...
... verbindet den Dämon mit diesem Turm.
Es ist der »Link«.

Was?!
Nein, das...
... hat nichts mehr mit Anpassung zu tun!

Wie kann so etwas...?!
RITSCH
TSCHAK
TSCHAK
TSCHAK

GUAAA
HHHH
HHHH
TSCHING
TSCHING
Kyaark!

Hör mir gut zu.
Ist er »erwacht«?!
Menschen sind keine Gegenstände, mit denen du nach Belieben handeln kannst.
Wir sind mehr als Produkte, die du nach deinen eigenen lächerlichen Standards bewerten und mit einem Preisschild bekleben kannst.
Ich werde bei diesem Szenario, das ihr euch überlegt habt, nicht länger mitspielen.
Ich werde...

... diesen Ort zerstören und in die nächste Ebene aufsteigen.
Immer höher und höher.
Ich lasse alles hinter mir, was ihr verdammten Dämonen hier aufgebaut habt. So lange, bis ich das...
... Ende dieser Welt erreicht habe.
[Spielerinformation]
Name: ?
Titel: ?
Klasse: ?
Besondere Fähigkeit: ?
Verfügbare Skills: ?

KRRRK
KRRRRRK
Ah, nein...!
Ich flehe dich an...!
KRRRK
Hör auf damit!
BEB
Es gibt keine nächste Ebene!
BEB
BEB

Doch, sie existiert.

Es ist mehr als nur bloße Sturheit.

78. Ebene
66. Ebene
Überall im Turm hat ein Künstler...
47. Ebene
... diese kryptischen Inschriften hinterlassen.
Letztendlich sind alle Türme reine Imitationen des »Ersten Albtraums«, der sich an der Krone des »Baums der Illusion« befindet.
Die... Krone des »Baums der Illusion«?

Name: Albtraumturm – Tutorial-Modus
Das sind unbestreitbar Inschriften von Mulack, dem Schöpfer dieses »Albtraumturms«.
Versetzt jene, die dem Ruf des Turms
Name: Albtraumturm – Tutorial-Modus
Beschreibung: Auch »Festung der Reue« genannt; die zweite Albtraumschöpfung des Traumdämons »Mulack«.
Versetzt jene, die dem
Wir befinden uns in den Wurzeln des Baums der Illusion, oder?
W...Was hast du vor?
Und wenn das hier die Wurzeln sind, dann gibt es auch einen Stamm.
Also muss ich die Decke durchbrechen.
BRZZZZZZZT

HUAAAAAAAAARGH
Kyaaaa! Nein, hör auf! Mein Turrrrrmmmm!
<System>
Erhaltene Punktzahl für das Tutorial wird berechnet.
[Berechnung läuft...]
[Ein unerwarteter Fehler ist aufgetreten.]
[Berechnung fehlgeschlagen.]
[Suche nach verbliebenen Spielern.]
[Suche läuft...]
[Zurzeit befinden sich keine weiteren Spieler im Turm.]
Spiel verloren!
<System>
Das Tutorial wurde vollständig beendet.

Haaah...

Endlich habe ich es gefunden.

The WORLD AFTER the FALL

DOMM
GRRRRRR
GRRAAAA
UUU

ZACK
SCHLITZ
»Seichter Stich«

DOMMMMMM

Für den wird
der »Seichte
Stich« eher nicht
ausreichen.
»Normaler
Stich«
TACK

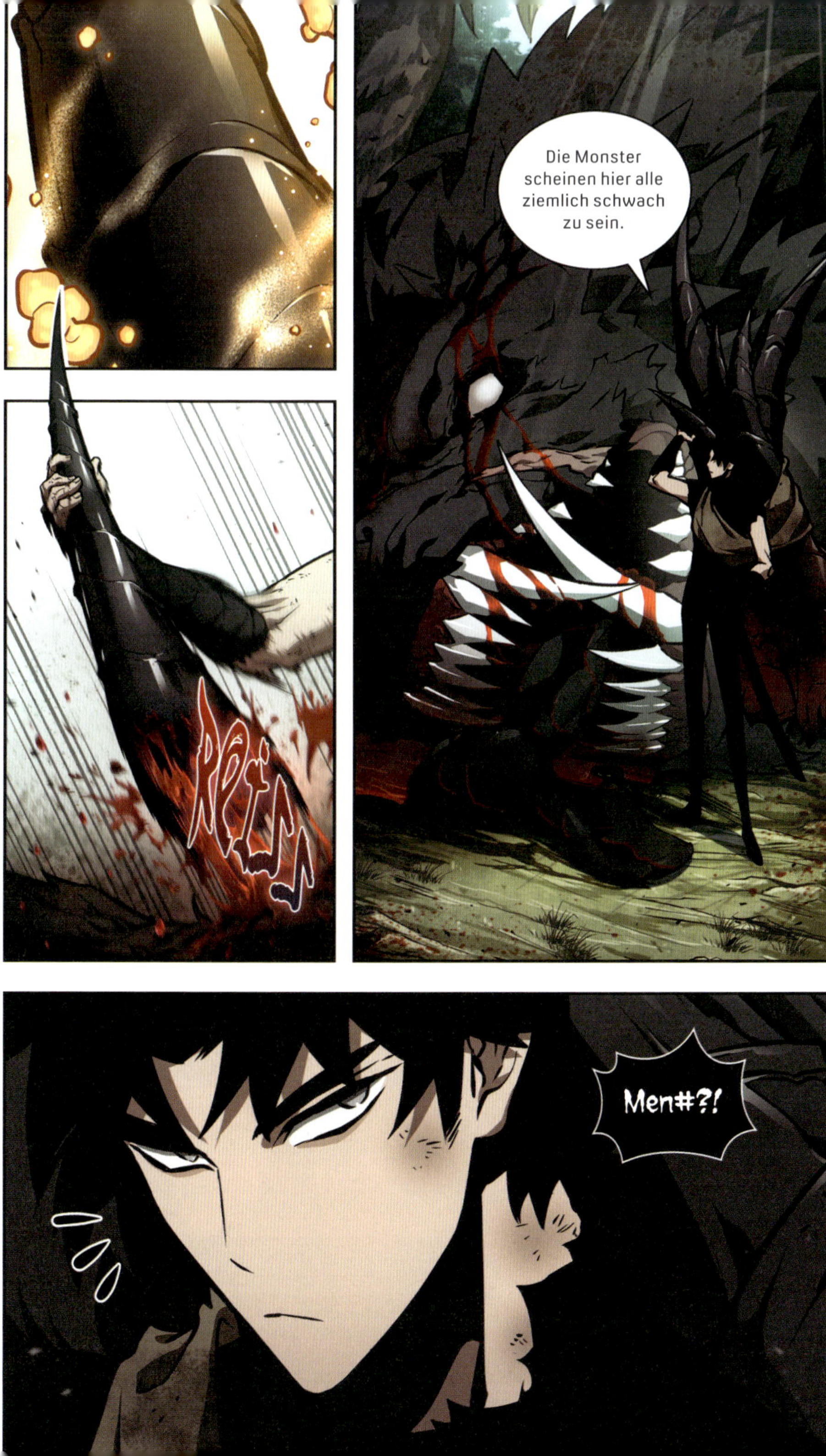
Die Monster scheinen hier alle ziemlich schwach zu sein.
Men#?!

Du wags#
nichts als
ein Men#!
Die wertvo#
Hörn# eines
Pentahorns!
Selbst
wenn ich »Zweifel«
anwende, kann ich die
Struktur ihrer Sprache
nur schlecht ver-
stehen.

Hörner? Die willst du haben?
Gut, dann lass uns ein Geschäft machen.
Ich geb sie dir, wenn du mir sagst, wo ich hier...
ZACK
SCHWU
SCH
Jetzt hör mal!
TSCHING
Antennen-mann...
Versuch das noch mal, und ihr seid alle tot.

Ha!
Dann sterbt eben.

So, und nun antworte mir. Wo bin ich hier?
Welcher Men### kann nicht ##...!
Hyiii###ek!

Sprich gefälligst so, dass ich dich verstehe.
Huaaargh!
Ahhh!
Töten, Menschen. Unbedingt...!
Hat der Kerl seine eigene Zunge...?!
Ich habe sie schwach eingeschätzt, aber ihre Willenskraft ist stärker als gedacht.

Infos hat er ja keine preis- gegeben...
... aber hat er wenigstens etwas Brauchbares dabei?
Kleiner Dimensionsrucksack
Nutzt Subräume, um mehr Stauraum für dein Inventar zu schaffen. Bietet einen Platz von bis zu 2 m³.

Dieses Item dient also als Lager.
Praktisch. Ich hatte keinen Zugriff mehr auf das Interface System, seit ich den Turm verlassen habe.
Weder mein Inventar noch meine erworbenen Items haben sie mir gelassen...
Ich hatte gehofft, dass ich die Funktionen in allen Dimensionen, das »Große Reich« eingeschlossen, benutzen könnte...
Dieser Löwe ist so ein Betrüger...
Immerhin kann ich dank »Zweifel« noch die Item-Beschreibung sehen.
Seelenkristall
Erhöht das Mana eines Angepassten um einen bestimmten Wert.

Sind sie in der Edelsteinverarbeitung tätig oder so was...?
Die Farben sind zwar unterschiedlich, aber jeder von ihnen hatte einen dabei.
ZZZ
Na ja, die dürften schon einiges wert sein.
Der Rest der Ausrüstung würde zu viel Platz einnehmen. Ich lass ihn besser hier...
DO
DOOM
Schon wieder?
DOOM
DO
DOOM

FWSCH
UUUU

KNIRSCH
KNIRSCH
Mhh...
Wie schmecken die wohl?
KNIRSCH
KNIRSCH
Oh, hier liegt noch...
... eine Karte?

<Baum der Illusion – Chaos>
Chaos?
Dieser Ort wurde in keinem der Dokumente erwähnt, die mir der Dämon gegeben hat.
KNÜLL

GRRR
RRRR

Spiess
Argh!
Ach du meine Güte, Entschuldigung!
Haha...
K...Kein Problem.
Es war ein Versehen. Eigentlich wollte ich es in die andere Richtung werfen...
Ich werde hier drüben weiterjagen.
Ich lass das nur dieses eine Mal durchgehen, weil sie süß ist.
Wie zum Henker hat sie es geworfen, dass es mein Knie getroffen hat...?
Um Himmels willen, Entschuldigung!
Was ist denn nun schon w...

Moment, dort hinten...!
Ein Bihorn! Die Frau hat sich mit einem Bihorn angelegt!

Bleib weg von uns!
KYAAAA
Verdammt! Sammelt euch!
Von dem ganzen Haufen wirkt die Frau am stärksten. Sie scheinen sich untereinander wohl nicht so zu verstehen?
Wenn sie so weitermachen, gehen sie alle drauf...
Wie zur Hölle haben die denn bitte den »Albtraumturm« bezwungen?

Komm nur her!
»Atem des Feuerkönigs«
Ich helf dir!
Arrrghhh!!
Oh, haha. Sorry dafür!
Du verdammte Schl*mpe!
Schl*mpe?! Das geht zu weit. Ich wollte doch nur helfen.

Das nennst du Hilfe? Das meinst du doch...
Vorsicht, da vorne!
TAPP
»Seichter Stich«

$Wer#bist#^?!

Bist du dir wirklich sicher?
Es macht dir nichts aus, uns den ganzen Körper zu überlassen...?
Wir sprechen hier immerhin von einem Bihorn.
Jap.
Ohh!
Sind die Hörner denn so wertvoll?
Aber natürlich! Normalerweise braucht es zehn Leute, um ein einziges Exemplar zu erlegen.
Das Monster, das ich vorhin mit »Normaler Stich« getötet habe, hatte fünf Hörner. Anscheinend sind sie stärker, je mehr Hörner sie haben.

Beiss

TAPP
TAPP

Hey,
wer oder was
bist du?
!

Einen Angepassten, der mit einem einzigen Stich ein Bihorn erlegen kann...
... trifft man in der ganzen »Chaos«-Region eher selten.
Wer bist du und wo kommst du plötzlich her?

Chaos...
Was genau ist dieses »Chaos«?
Was...?!

The WORLD AFTER the FALL

The WORLD AFTER the FALL

Du sagtest, dein Name ist Jaehwan, oder?
Genau.
Und du bist nur auf der Durchreise?
Jap.
Aber sprichst die Sprache dieser Region nicht?
Nope.
Komisch. Es ist selten, dass es hier zu Sprachbarrieren kommt.
Und es ist für dich echt okay...
... dass unsere Gruppe das Bihorn behält?
Klar.

Dieser Kerl ist nur zufällig hier vorbeigekommen, mh?
Er hat das Bihorn mit nur einem Hieb erledigt, und das auch noch, ohne dabei einen Skill zu benutzen.
- Skill konnte nicht angewendet werden.
- Skill konnte nicht angewendet werden.
- Skill konnte nicht angewendet werden.

Mein Detailsuche-Skill scheint an ihm abzuprallen.
TIPP
Hey, ich hab eine Frage.
Dabei hat er kaum mehr Mana als ein Unangepasster.
[Messung fehlgeschlagen.]
Wer zum Teufel ist der Kerl?!
Einen Angepassten, der mit einem einzigen Stich ein Bihorn erlegen kann...
... trifft man in der ganzen »Chaos«-Region eher selten.
DREH
Offenbare deine echte Identität!
Wer bist du und wo kommst du plötzlich her?

Chaos...
Was genau ist dieses »Chaos«?
Machst du Witze?
Nein?
Wieso fragst du mich dann so was?
...
Verstehst du vielleicht nicht... was ich gerade sage?
Ist das Wort »Identität« zu schwierig für dich?

Ich weiß, was Identität bedeutet.
Meine Identität...
Aber...
Alle Beziehungen und Verbindungen, die ich auf der Erde hatte, verloren in dem Moment ihre Bedeutung, als ich den Turm betrat.

Stattdessen habe ich mit neuen Kameraden neue Erinnerungen geschaffen.
Doch sie alle verschwanden mit dem Ende des Tutorials wie eine Illusion.
Meine Kameraden leben vermutlich noch irgendwo auf der Erde.
Wenn aber die Belohnung für den Abschluss des Tutorials ist, dass man seine Erinnerungen behalten darf…
… werden sie sich wohl nicht an mich und die Geschehnisse im Turm erinnern.

Ich erinnere mich an nichts…
Ach, so ist das, du Armer!
Amnesie?!
Glaubst du, ich fall auf so einen Mist rein…?!
Selbst wenn du mir jetzt mit einer rührseligen Geschichte um die Ecke kommst, zieht das bei mir nicht!
Ich habe nie gesagt, dass ich unter Amnesie leide?
Das läuft doch auf das Gleiche hinaus!

BRRRRT
BRRRRRT
Also, was nun? Bist du etwa ein »Abgrundkämpfer« oder so was?
Was ist denn das jetzt schon wieder?
SWUSS
SCH
!
BRRRRT
Jaja. Jetzt gib schon Ruhe.
BRRRRT
Eine »Seelenwaffe«!

KLANK
KLANK
Das ist es. Der Kerl ist nicht besonders stark, er hat nur eine starke Waffe!
Aber was denkt er sich dabei, vor anderen so eine Waffe...
Schau an, schau an, eine Seelenwaffe?
Er füttert sie mit anderer Ausrüstung.
Wie kann man so unvorsichtig sein?
Wenn du genug hast, dann geh brav zurück.

Es hätte so einfach sein können...
Unglaublich, dass so einer meine Mission ruiniert hat.
Na gut, ich frag dich nichts mehr.
Stattdessen habe ich ein Angebot für dich.
Liebesgeflüster-Skill?
Interessiert?

Mino, wie sie sich nannte, erklärte mir kurz einige Hintergründe zu diesem Ort namens »Chaos«.
Danach fing sie an, mir mehr von ihren Begleitern zu erzählen.
Sie sind ein Haufen Verbrecher, die dem »Redfox«-Clan angehören.
Kurz und knapp: Ich soll sie für Mino töten.
Du wirst es bald am eigenen Leib spüren. Jetzt haben sie es auch auf dich abgesehen.
Starr nicht so dahin!

Es wird dunkel. Wir schlagen hier unser Lager auf.
Es ist zu gefährlich, nachts weiterzuziehen und Gefahr zu laufen, die Hornbestien zu reizen.

Laut der Karte ist hier ganz in der Nähe eine Siedlung...
2. Stufe des Erwachens
[Verständnis]

Hä? Boss, der Typ hat genauso wenig Mana wie ein Unangepasster.
Sogar weniger als ich.
RAUN
Siehst du? Hab ich es nicht gesagt?
Das heißt, er konnte das Bihorn echt nur dank der Seelenwaffe erlegen?
Bestimmt. Soweit ich weiß...
... ist der einzige Ort, an dem man Artefakte wie Seelenwaffen finden kann, der »Abgrund«.
Der »Abgrund«? Meinst du die Äste des Baums der Illusion?

Sie scheinen tatsächlich etwas zu planen.
Wenn sie hören, dass ich das Teil bei den Wurzeln gefunden habe, rasten sie aus.
RAUN
RAUN
Der Dämon hat mir gesagt, dass die Waffen aus dem Turm nichts taugen.
Wer hätte gedacht, dass mir jemand das mal abknöpfen will.
Was soll's...
Allem Anschein nach ist das hier noch nicht das »Große Reich«.

SCHLEICH
SCHLEICH
Sie haben angefangen, sich zu nähern.
RASCHEL
RASCHEL
Was treibst du denn? Sie sind auf dem Weg hierher!

Du hast doch noch dieses Schwert, oder? Das, das du mit Ausrüstung gefüttert hast.
Nimm es, um diese Idioten plattzumachen!
Welches Schwert?
Ich hab es jemandem geborgt. Der eine wollte es mal näher ansehen, während er Nachtwache hält.
Für so einen Scheiß hast du dein Seelenschwert weggegeben?!
Wie kannst du dein Leben so aufs Spiel setzen?!

Haha, du Idiot! Danke für die neue Waffe.
Nicht dass sie dir viel genützt hätte. Du stehst hier nämlich dem Redfox-Clan gegenüber.
Wegen den beiden hast du uns alle hierher bestellt?
Lasst uns die Sache schnell beenden und zurück-gehen.
Ihr Bastarde könnt nicht aufhören, bis ihr Blut seht, was?
KNIRSCH
Jetzt kann ich mal sehen, was diese Frau wirklich draufhat.

DADADA
Tötet sie beide!
DADADAT
TSCHAK
SPIESS
SPIESS

BAMMMM
FSCHA

BOMPS
Sorry, das war zu doll.
Wisst ihr, ich bin etwas verärgert.
Macht euch ab jetzt...

... auf eine wahre Folter gefasst.

Phasen des Erwachens

Fortsetzung folgt...

Art: Sleepy-C(3B2S STUDIO) | Adaption: UMI(REDICE STUDIO) | Story: singNsong

Omniscient Reader's Viewpoint

DIE WELT, WIE WIR SIE KENNEN, NEIGT SICH DEM ENDE ZU!

Die letzten 10 Jahre hat Dokja jede freie Minute damit verbracht, seinen Lieblingsroman »Drei Wege, die Apokalypse zu überleben« zu lesen. Als die Fiktion dann plötzlich zur Realität wird, ist er der Einzige, der weiß, was passieren wird. Wird er dieses Wissen nutzen und den Lauf der Geschichte verändern?

Mit exklusiver Photocard in jedem Band – nur in der Erstauflage!

Action • ab 16 Jahren
Softcover • farbig
ca. 256 Seiten • 14,5 x 21 cm

LINES

www.carlsen.de/webtoons

hayabusa_manga carlsen_manga